庫

無名仮名人名簿

向田邦子

文藝春秋

無名仮名人名簿　目次

単行本　昭和55年8月　文藝春秋
文　庫　昭和58年8月　文春文庫
（本書は右文庫の新装版です）

この作品の中に、現在では差別的表現とされる箇所があります。しかし、著者の意図は決して差別を容認、助長するものではありませんでした。また、作品の時代的背景及び著者がすでに故人であるという事情にも鑑み、あえて発表時のままの表記といたしました。

（編集部）

無名仮名人名簿

お弁当

自分は中流である、と思っている人が九十一パーセントを占めているという。この統計を新聞で見たとき、私はこれは学校給食の影響だと思った。毎日一回、同じものを食べて大きくなれば、そういう世代が増えてゆけば、そう考えるようになって無理はないという気がした。

小学校の頃、お弁当の時間というのは、嫌《いや》でも、自分の家の貧富、家族の愛情というか、かまってもらっているかどうかを考えないわけにはいかない時間であった。

豊かなうちの子は、豊かなお弁当を持ってきた。大きいうちに住んでいても、母親がかまってくれない子は、子供にもそうと判るおかずを持ってきた。

お弁当箱もさまざまで、アルマイトの新型で、おかず入れが別になり、汁が出ないように、パッキングのついた留めのついているのを持ってくる子もいたし、何代目のお下りなのか、でこぼこになった上に、上にのせる梅干で酸化したのだろう、真中に穴のあいたのを持ってくる子もいた。

当番になった子が、小使いさんの運んでくる大きなヤカンに入ったお茶をついで廻るのだが、アルミのコップを持っていない子は、お弁当箱の蓋《ふた》についでもらっていた。蓋に穴のあいている子は、お弁当を食べ終ってから、自分でヤカンのそばにゆき、身のほうについで飲んでいた。

ときどきお弁当を持ってこない子もいた。忘れた、と、おなかが痛い、と、ふたつの理由を繰り返して、その時間は、教室の外へ出ていた。

砂場で遊んでいることもあったし、ボールを蹴っていることもあった。そんな元気もないのか、羽目板に寄りかかって陽なたぼっこをしているときもあった。

こういう子に対して、まわりの子も先生も、自分の分を半分分けてやろうとか、そんなことは誰もしなかった。薄情のようだが、今にして思えば、やはり正しかったような気がする。ひとに恵まれて肩身のせまい思いをするなら、私だって運動場でボールを蹴っていたほうがいい。

お茶の当番にあたったとき、先生にお茶をつぎながら、おかずをのぞいたことがある。のぞかなくても、先生も教壇で一緒に食べるので、下から仰いでもおよその見当はついたのだが、先生のおかずも、あまりたいしたものは入っていなかった。

昆布の佃煮と切りいかだけ。目刺しが一匹にたくあん。そういうおかずを持ってくる子のことを考えて、殊更《ことさら》、つつましいものを詰めてこられたのか、それとも薄給だったのだろうか。

私がもう少し利発な子供だったら、あのお弁当の時間は、何よりも政治、経済、社会について、人間の不平等について学べた時間であった。残念ながら、私に残っているのは思い出と感傷である。

東京から鹿児島へ転校した直後のことだから、小学校四年のときである。

すぐ横の席の子で、お弁当のおかずに、茶色っぽい見馴《みな》れない漬物だけ、という女の子がいた。その子は、貧しいおかずを恥じているらしく、いつも蓋を半分かぶせるようにして食べていた。滅多《めった》に口を利《き》かない陰気な子だった。

どういうきっかけか忘れてしまったが、何日目かに、私はその漬物をひと切れ、分けてもらった。これがひどくおいしいのである。

当時、鹿児島の、ほとんどのうちで自家製にしていた壺漬なのだが、今みたいに、坐っていて、日本中どこの名産の食べものでも手に入る時代ではなかったから、私は本当にびっくりして、おいしいおいしいと言ったのだろうと思う。

その子は、帰りにうちへ寄らないかという。うんとご馳走して上げるというのである。

小学校からはかなり距離のあるうちだったが、私はついていった。もとはなにか小商《こあきな》いをしていたのが店仕舞いをした、といったつくりの、小さなうちであった。彼女の姿を見て、おもてで遊んでいた四、五人の小さな妹や弟たちが彼女と一緒にうちへ上った。

うちには誰もいなかった。私は戸締りをしていないことにびっくりしたが、すぐにその必要がないことが判った。そのうちはちゃぶ台のほかは家具は何ひとつ無かったからである。

彼女は、私を台所へ引っぱってゆき、上げ蓋を持ち上げた。黒っぽいカメに手をかけたとき、頭の上から大きな声でどなられた。

働きに出ていたらしい母親が帰ってきたのだ。きつい訛《なま》りで「何をしている」と言って叱責する母親に向って、彼女はびっくりするような大きな声で、

「東京から転校してきた子が、これをおいしいといったから連れてきた」

というようなことを言って泣き出した。

母親に立ち向う、という感じだった。

帰ろうとする私の衿髪《えりがみ》をつかむようにして、母親は私をちゃぶ台の前に坐らせ、丼いっぱいの壺漬を振舞ってくれた。この間、三十八年ぶりで鹿児島へゆき、ささやかな同窓会があった。この人に逢いたいと思ったが、消息が判らないとかで、あのときの礼は

まだ言わずじまいでいる。

女子供のお弁当は、おの字がつくが、男の場合は、弁当である。

これは父の弁当のはなしなのだが、私の父はひと頃、釣に凝ったことがある。のぼせると、何でも本式にやらなくては気の済まない人間だったから、母も苦労をしたらしいが、釣に夢中になっていて弁当を流してしまった。

はなしの具合では川、それも渓流らしい。茶店などある場所ではなかったから、諦めていると、時分どきになったら、すこし離れたところにいた一人の男が手招きする。

「弁当を一緒にやりませんか」

辞退をしたが、余分があるから、といって、父のそばへやってきて、弁当をひろげてみせた。

「世の中に、あんな豪華な弁当があるのかと思ったね」

色どりといい、中身といい、まさに王侯貴族の弁当であったという。あとから礼状でもと思い、名前を聞いたが、笑って手を振って答えなかった。その人とは帰りに駅で別れたが、その頃としては珍しかった外国産の大型車が迎えにきていたという。

何年かあとになって、雑誌のグラビアでその人によく似た顔をみつけて、もう一度びっくりしたという。勅使《てし》河原《がわら》蒼風《そうふう》氏だったそうな。人違いじゃないのと言っているうちに父は故人になった。あの人の花はあまり好きではなかったが、親がひとかたけの弁当を振舞われたと思うせいか、人柄にはあたたかいものを感じていた。

拝借

「悪いけど口紅貸してくれない」

いきなり声を掛けられた。

ホテルの洗面所で、口紅をつけ直していた時だった。声の主は、隣りで化粧直しをしている、やっと廿歳《はたち》という女の子だった。

私は、お金以外のものなら、おっちょこちょいなほど気前のいい人間だと思っているが、この時だけはためらった。姉妹や友達なら兎《と》も角《かく》、見も知らない人間に口紅を貸すのは、正直言って嫌だった。

女の子はせいいっぱいお洒落《しゃれ》をしていた。模造毛皮の半コートの下から華やかな色のドレスがのぞいていた。顔も満艦飾《まんかんしょく》だったが、眼の化粧が濃い分だけ、何も塗っていない白い唇が異様に見えた。

「悪いけど……」

紅を拭《ふ》き取った紙を手に、女の子はもう一度くり返した。その目は必死だった。恋人が外に待っているんだな、と見当がついた。食事のあと、口紅がバッグの中にあると信じて、紅を拭き取ってしまったのだろう。この顔では、出るも退《ひ》くも出来ないのである。

私は、口紅の先を紙で拭《ぬぐ》い、「どうぞ」と差し出した。彼女は、鏡に顔を近づけ、慎重に紅をつけた。私だったら、まず指先に紅をうつし、それを自分の唇に移すけどなあ、と思ったが、勿論《もちろん》口に出しては言わなかった。

塗り終ると、彼女は大きな溜息をつき、ケースにもどして、

「どうも」

と返してくれた。使ったあと、紙で拭うことはしなかった。受取る私の顔のどこかに硬さを見たのか、彼女はあわててお礼の追加をした。

「ありがとうございました！」

テレビの歌番組で新人歌手が司会者におじぎをする——そんな感じだった。彼女は自分のバッグをつかむと、ドアに体当りするように勢いよく出て行った。

口紅を貸してくれと言われたのは初めてだが、眉墨を貸してと言われたことは、今までにも経験がある。

私が脚本を書いていたテレビ番組の打ち上げパーティが夜の十時頃からあるというの

で、その番組に出ていた主演女優が、一緒に行きましょうよ、と少し早目に私の家をたずねて来た。お茶をのみ、世間ばなしをして、私は仕事着をよそゆきに着がえ、女優は洗面所で化粧を直しはじめた。女優は、その前に二つほど写真撮影やインタビューがあったとかで、話している途中でも、化粧崩れを気にしていた。

ワンピースを頭からかぶったところで、洗面所から声がかかった。

「恐れ入りますが、眉墨を拝借」

というのである。

あると思って、落してしまったら、持っていなかったという。

困ったことになった。私は、裏方の仕事をしていることでもあるし、もともと横着《おうちゃく》なたちで、化粧道具は白粉《おしろい》と口紅がやっとという人間である。眉は天然で済ませて来たし、目の廻りを黒く彩る道具も持ち合せてないのである。

無いと言うと、女優の声は、急に悲劇的になった。

「どうしよう。このままじゃ出られないわ」

そっとドアを開けると、鏡に美しく化粧した眉のない顔が写っている。時代劇とかけ持ちでもしていたのか、眉は全く見当らず、これでお歯黒をつけたら、平安朝あたりの上臈《じょうろう》の顔である。凄艶《せいえん》であり、ドラマでは見せない迫真のクローズ・アップでもあった。

「鉛筆はどうかしら。３Ｂがあるけど」

「鉛筆なんかじゃ駄目ですよ」

この時間では、近所の化粧品店も店を閉めている。アパートの管理人の奥さんにわけを話して——と考えかけたら、女優はいきなりこう言った。

「マッチ、擦《す》って下さい」

私は言われた通り、マッチを擦った。炎がついたら、先の丸い玉のところだけを燃して、口で吹き消す。消えたところで、玉を落すと、燃え残りのマッチの軸は、眉墨の棒になる。

窮すれば通じるのである。

私は、十本ほどのマッチを次々に擦って手渡しながら、安堵《あんど》のため息をついた。

「濃過ぎるわねえ。金太郎になっちゃった」

女優は、髪を明るい栗色に染めていたから、黒い眉は、たしかにそこだけ勇ましく見えた。

「大丈夫大丈夫。無いよかいいわよ」

私は、せいいっぱい励ました。

その夜のパーティで、女優は壇に上り、挨拶をした。内気で声の小さいこの人が、この夜は堂々としていた。金太郎の眉のせいかも知れないと思い、私は会場の隅から大きな拍手を送った。

大きいお金は、借りない、貸さないで暮しているが、細かいお金の貸し借りはよくある。ハンカチ、ちり紙、櫛《くし》なども、ちょっと拝借することがある。顔を貸せ、と凄《すご》まれたこともないし、知恵を貸せ、といわれるほどの人間でもないが、手を貸せ耳を貸せは、時々聞くことがある。

私が聞いたなかで、一番びっくりしたのは、いきなり「靴下を貸せ」といわれたことであろう。

二十年、いやそれ以上前のはなしだが、明大前で乗り換えの電車を待っていた。当時勤めていた出版社の仕事で筆者の家へ原稿を取りにいった帰りだったと思う。時刻は夕方であった。季節は忘れたが、真夏ではなかった。

突然名を呼ばれ、肩を叩《たた》かれた。同年輩の女である。

「何年ぶりかしら。懐しいわねえ」

大感激の様子で名を名乗るのだが、申しわけないことに私は記憶がない。父の仕事の関係で、学校は七回も変っている。短いところでは、一学期もいなかったのだから、今《いま》迄《まで》にもこういうことは何度かあった。せっかくの気分に水をさすのも悪いと思い、私も「懐しいなあ」と調子を合せた。そこで、彼女に言われたのである。

「お願い、靴下貸して」

電車の中で引っかけて、大きな伝線病を作ってしまった。これから気の張るところへ出掛けなくてはならない。済まないが、あなたのと取り替えて欲しいという。成程、膝《ひざ》小僧の下から幅五センチほどが、茶色のスダレのようになって足首まで走っていた。私は絶句してしまった。気の張るところではないが、私だって日本橋の勤め先まで帰らなくてはならない。だが、彼女は、私の手首を握ると、そばのベンチに押しつけるように坐らせ、靴下を脱ぎはじめた。当時はパンティ・ストッキングなどなかったから、こんな芸当も出来たのである。それでも、スカートをかなり上までたくし上げなくては、出来ない芸当であった。

その格好に、少し崩れたものを感じた。

仕方がない。私もそっと彼女にならって、靴下を脱いだ。

「名刺を頂戴《ちょうだい》。必ず返す」

彼女は手早くはき替えると、ちょっと拝むような手つきをして、階段をかけ上って行った。私は破れた靴下を駅のくず箱に捨て、素足で帰ってきた。

彼女からは、その後、何の音沙汰《おとさた》もなかった。

マスク

　鋪道にマスクが落ちていた。

　赤い公衆電話のすぐ足許《あしもと》である。電話をかけようとしてポケットの小銭を出したときに、中に入っていたマスクをつまみ出してしまったのか、しゃべるためにはずした拍子に落したのか、いずれにしても、電話を利用した人の落し物であろう。真新しいものではなく、うす汚れているが、落ちている間に汚れたのかも知れない。

　この冬も風邪はひいたが、マスクのご厄介になるほどではなかった。ポケットにしまっておいたマスクを鼻にもっていった時の、寝臭《ねぐさ》いような息の匂い、人懐しいような湿った匂いを思い出した。
　十五、六年ほど前の、クリスマス・イブのことだった。
　その頃、私はラジオのディスク・ジョッキーの原稿を書いて暮していたのだが、持ち

前の締切を守れない癖はその頃からで、世間のひとがパーティだなんだと浮かれている
というのに、私はねじり鉢巻で仕事をしていた。

次の日の正午までにタイプの台本にしておかなくては録音に間に合わないというのだ
が、年に一回のイブである。当時のクリスマスは今よりにぎやかで、街にはジングル・
ベルのメロディが流れ、家路を急ぐ人もケーキやとりの丸焼を抱えていないと肩身がせ
まいというところがあった。怠けもののライターのために、局のプロデューサーに残業
させては申しわけない。私は自分で印刷所へ届けますと、地図を書いてもらった。

ラジオやテレビの台本は、例外もあるが、ほとんど家内工業的な小規模な街の印刷所
で作られているのだが、その夜、私のたずねた先は、そのまた下請けをする、内職にタ
イプを打つ人の住まいであった。

場所は、たしか、麻布二ノ橋だったと思う。

かなり夜も更《ふ》けていたが、おもて通りにはまだイブのざわめきがあった。だが、通り
一本裏へ入ると、街灯も暗く、表札もはっきり読み取れない。

二、三回通りすぎてからやっと、町工場のような、半分しもた屋のようなうす暗いそ
のうちを見つけ出すことが出来た。

声をかけると、四十がらみの女のひとが出て来て原稿を受取ったのだが、そこで私は
ひどくどなられた。

風邪っ気らしく、彼女はマスクをかけていたので、はじめは何を言っているのか聞きとれなかったが、やがて聞きとることが出来た。

「あんたねえ、帰ったら先生に言って頂戴《ちょうだい》よ。あんたのとこの先生の字は、すごく読みにくいのよ。打つほうの身になって、もう少し判りやすい字、書いて下さいって、そう言ってよ」

Gパンに突っかけサンダルの私を使いの者だと思っているらしい。私は、今でも先生などと呼ばれる人物ではないし、まして十五年前は、そうだったが、どこの社会でも字を書いて暮していると、こう呼ばれることもある。

私は、申しわけありませんと最敬礼をした。

「帰ったら、よく伝えます」

「そうよ。倍、手間がかかるんだから」

言いながら、その人は、不意に語調が弱くなった。どうやら私が本人だと気がついたらしい。

よろしくお願いしますと頭を下げて出ようとする私を呼びとめ、

「いま、お茶を入れるから」

土間のガス・ストーブの上で、湯気を上げているヤカンをチラリと見てから、茶の用意をはじめた。

暗い電灯に目が馴《な》れてみると、そのうちはヤスリ屋だということが判った。せまい店の三方が、天井までこまかく仕切りをした棚になり、そこに何百本というヤスリが大きさ、太さによって分けて突っ込まれている。しかもそのヤスリは新品ではない。

店の一隅に事務机があり、その人はそこでタイプの内職をしているのである。

その人は、ヤカンをおろそうとしてためらった。把手《とって》が熱くなっていたらしい。

彼女は自分のマスクをはずし、それで把手をつかんでお茶をいれた。タイプを打つとき、カーボンを使うせいか、マスクは黒く汚れていた。布巾《ふきん》代りにマスク、というのは、考えようによっては無精《ぶしょう》ったらしいしぐさである。だが、私は嫌だと思わなかった。ここでは、そのほうが似合うような気がした。

黒いザラザラした、三方から突き刺さりそうなヤスリの山に囲まれ、機械油の匂いの中で一字一字、人の書いた字を拾って打つ人の気持を考えた。

その人は黙って、うすいお茶をすすっていた。私も黙ってお茶を頂いた。二人とも、白粉気《おしろいけ》のない顔をしていた。イブには不似合な身なりであった。お茶をのみ終ると、その人は、また黒いマスクをかけた。私は、もう一度、深くおじぎをしておもてへ出た。

気障《きざ》な言い方だが、「聖夜」ということばを感じたクリスマスは、このときだけである。

あれは小学校何年のときだったろう。クラスメートで、マスクのことを、「鼻マスク」という子がいた。クラスで一番背の低い女の子である。

みんなで、おかしいと言い出した。言い出したのは、私だったような気がする。マスクは鼻にかけるものと決っている。わざわざ鼻マスクとことわることはないじゃないの、と、はっきり言えばいじめたわけである。

彼女は必死に抗弁した。

「でも、うちじゃそういうもの。うちのお母ちゃん、そう言ってるもの」

言いながら、泣き出して、泣きながら帰って行った。

次の日、だったかどうか、はっきりしないが、鼻マスクの女の子は、ちょっと胸を張って、私たちのところへ来た。

「うちじゃね、これ、耳マスクというんよ」

彼女が見せたのは、兎の毛皮を丸く輪にした、耳にあてる防寒具であった。

天の網

三月《みつき》に一度かそこらのことだが、買物の帰りに喫茶店へ入ることがある。

まわりのテーブルの若い人たちの話が耳に入ってくる。

気取っているな、いい格好をしているな、と思ってしまう。

二十年前三十年前の私と同じ姿だな、とおかしくなってしまうのだ。

もともと見栄っぱりなところがあったのだが、とりわけ、ホテルのロビーや洒落《しゃれ》た喫茶店で人としゃべると、声も話の中身も、ひとつ背伸びをしたものになった。

自分のうちの茶の間で、あかぎれの切れた母の手がお茶を出してくれたり、へりの切れかかったやけた畳が目の前にあったら決してしない、気取った話になってしまうから不思議である。

あのときもそうであった。

場所は有楽町の、ドイツ風の喫茶店である。

相手は、かなり様子のいい男性で、まるで新劇俳優演ずるハムレットみたいな声でしゃべった。話題は、試写室でいま見たばかりのフランス映画から、デュヴィヴィエ論になり、仏教からドビュッシーからサルトル、ボーボワールにまで発展した。

私も、せいいっぱいの知ったかぶりで応戦した。こういうときは、わが家の、草ぼうぼうに生えた手入れの悪い庭も、当時まだ汲取り式だったポッチャンとはねかえってくるご不浄のことも忘れて、オフェーリアみたいな声が出る。

ボーイが、半分嫌がらせのように手荒いしぐさで何度もコップの水をつぎにくる。窓の外は、暗くなっていた。

「食事でもいかがですか」

私たちの坐っている喫茶店は、二階はレストランになっていた。チラリと上を見た彼の視線から考えて、二階へいって洋食をいただくことになりそうだ。

「残念ですけど、ちょっと約束がありますので」

気がついたら、こう言っていた。気取りの限界に来ていたのかも知れない。

相手も、そういえば、ぼくも人と逢う約束がありました、とハムレットのような声で言い、喫茶店の表でお別れをした。

その前から、私は風邪気味なのに気がついていた。背中がスースーして洟《はな》が出る。こういうときは、風邪薬より先に熱いおそばを食べる方がいい。

私は駅前のそば屋に飛び込んだ。そう言ってはなんだが、安直な小さな店である。きつねを注文したとき、ガラス戸があいて一人の男が入ってきた。ハムレットであった。

こわばって棒立ちになった彼の顔は、叔父と密通している母ガートルード王妃の姿をみつけた時と同じだったかも知れない。私は、大きな声で笑った。笑うしか仕方がなかった。このときの私の声は、いま考えると研ナオコと同じ声ではなかったかと思う。

「天網恢恢《かいかい》疎にして漏らさず」という。

老子のおことばで、天の法律は広大で目が粗《あら》いようだが、悪人は漏らさずこれを捕える、という意味だということを、たしか女学校のとき習ったようだが、どうも私はこの天の網にすぐ引っかかるように出来ているらしい。

就職をして、最初の締切、残業のときに、私は編集長に嘘を言って早く帰った。小さな出版社で、編集部といっても四人か五人であったから、それこそ深夜まで居残って割付けをしなくてはならなかった。

私はその晩、男友達に芝居をさそわれていた。どうしてもゆきたくて、新入社員の分際で怠けたのである。ところが、芝居が終ってあかりがついたら、すぐ横に、社長が坐っていた。ついこの間、面接をしたばかりの社長である。具合の悪いことに、その日の夕方に、

「はじめての締切だな。夜遅くなって、うちの方は大丈夫なの？」
などと、御下問《ごかもん》を賜《たまわ》ったばかりである。逃げもかくれも出来ない。私は、黙って最敬礼をした。社長は、すこし笑って、何も言わずに出ていった。

男友達に事情をはなしながら、近所のおいしいという評判のコーヒー屋に入り、坐りかけたら、友達が私を突つく。奥まった席に社長が坐っていた。

このとき、社長は、大きな声で実に明るく哄笑《こうしょう》した。今更出ることもならず、私たちは入口の席に腰をおろした。社長は、私たちの分も料金を払い、笑いながら、私の頭を拳骨《げんこつ》で小突く真似をして出ていった。

私はこのあと九年間勤めたが、社長はこの夜のことを、編集長にも誰にも話さずにいたようである。

小さい出版社の苦しい時期であり、正直いって月給も高いとはいえなかったが、これだけ長く勤めた原因のひとつは、あの夜の社長の笑い顔だったかも知れない。

それにしても、私はよくこういう網にひっかかる。

天の網にはもういっぺん引っかかっている。

やはり人に誘われて、口実をつくって残業をさぼり、新宿からバスに乗ったところ、そのバスが京王電車とぶつかってしまったのである。

私は運転席のすぐ横の、三、四人掛けられるところに坐っていた。左目の隅に入ってくる京王電車が見え、アッと思ったときはぶつかっていた。運転手というのは、本能的に自分を中心にハンドルを切るものだということが判ったが、その瞬間、バスは猛スピードで突切り、ぶつかったのはバスの後半分であった。

いきなり真暗になり、うしろの席に坐っていた三、四人の傷痍《しょうい》軍人が私の足許に転がってきた。天井がはずれて、びっくりするほど沢山《たくさん》の埃《ほこり》が落ちてきた。

まだ一一九番もなかったのか、間もなく来たのは米軍の大型トラックである。

幸い死者も重傷者もなかったらしいが、怪我《けが》をした人間を、一人ずつトラックに引っぱり上げている。そのとき、私は偶然にも指に瘭疽《ひょうそ》が出来て繃帯《ほうたい》をしていたせいか、引っぱり上げられそうになり、必死で弁明して、手を振り切り駅の方へかけ出した。

新聞にでも名前が出たらどうしよう。二十三か四の私は、本気でそう考えていた。

天の網はまことに不公平である。

まるで蝶々かとんぼのように、小さな嘘をついた女の子はつかまえるが、四億五億のほうはお目こぼしである。もっとも天網ということばには、「かすみあみ」という意味もあるという。いつの世でもかかるのは小さな小鳥だけなのかも知れない。

なんだ・こりゃ

親不孝通りといえば、昔は銀座みゆき通り、いまは青山表参道から代々木公園の遊歩道あたりではないだろうか。

最近、このあたりの日曜の歩行者天国で、タケノコ族と呼ばれる若い人たちがステレオ・ラジオに合せて踊り狂っているというので、散歩がてら出かけて見た。

話には聞いていたが、なるほど壮観である。男の子も女の子も、ズボンの上に桃色や水色のスケスケの経帷子《きょうかたびら》みたいのを羽織り、数珠《じゅず》のような長いネックレスをじゃらつかせながら集団で踊っている。

このアングラ風の衣裳を一番はじめにつくって売ったのがタケノコという名のブティックらしい。いまでは製造が間に合わず、ここで踊っている若い連中のほとんどは、見よう見まねで手作りにした衣裳を着ているのだという。

女の子のように化粧している男の子もいる。絵具箱をぶちまけたようなグループに対抗するかのように上から下まで黒いサテン一色、音のほうはロックという一群もいた。何時間こうやって踊っているのか知らないが、おなかがすくだろうなあと感心して見ていたら、いきなり話しかけられた。

六十五、六の品のいい紳士である。

何か言っておいでらしいが、なにせ騒音大会なのでよく聞きとれない。何度か聞き直して、やっと判った。

「少々伺《うかが》いますが、これは、なにをやっとるんですか」

なにをやっているのだろう。私は正確に答えることが出来なかった。

ごく短い期間だが、帽子作りを習ったことがある。

二十代半ばの頃で、出版社につとめていた時分であった。週一度、先生のお宅に伺う個人教授である。友人にさそわれたのだが、帽子は洋裁と違って、縫ったりかがったりする量が圧倒的にすくない。二回も通えばひとつ出来てしまう。

ちょっとした思いつきや感じ方が形や線に生かせるところも気に入って、仲間に入れてもらった。本音は、お稽古のあとでご馳走になるサンドイッチがお目当てというところもあった。

二週間に一個の割合で新しい帽子が出来るわけだが、習いたてのほやほやのために帽子の注文をくれる奇特な人は滅多《めった》にない。私も相棒も、昼間は勤めているわけだから自分の帽子となると、地味な当りさわりのない形にしたいのだが、それでは腕が上らない。三度に一度は、ヴォーグにのっているようなのもつくらなくてはならなかった。

或る晩、私と相棒は出来たての帽子をかぶって中央線にのっていた。お稽古の帰りだったと思う。大胆な帽子の場合は、気恥しいので、ハトロン紙の袋に入れて抱えて帰るのだが、夜も更《ふ》けていたこともあり、自分の頭にのっけたのだと思う。

帽子は、人間の頭にかぶせるのが一番型崩れしないのである。

ならんで坐り、話に夢中になっていたら、頭の上から、声が降ってきた。

「なんだ、こりゃ」

初老の労務者だった。

アルコールが入っているらしく、両手でブランコのように吊皮にブラ下り、不思議なものを見るように私たちの帽子を眺めている。その口調は、生《き》まじめであり、からかってやろうとか、悪ふざけといったものは微塵《みじん》もなかった。

「なんだ、こりゃ」

彼はもう一度言った。

まばらに坐っていた車内の人たちの忍び笑いが聞えた。私と相棒は、今更帽子を脱ぐわけにもゆかず、早く電車が吉祥寺に着くことを祈りながら下を向いて揺られていた。

同じようなことは、もう一度あった。

今から十年ほど前のことだが、新宿コマ劇場のそばでお酒を飲み、二、三人の友人と連れ立っていい機嫌で歩いていたら、地下の穴ぐら酒場のようなところでアングラ舞踊団が公演をやっているのが目についた。

潜水艦のはしごのような階段をおりてゆくと中は真暗で、手さぐりで進むしかない。やがて、フイゴのような女のすすり泣きが聞え、一隅にうすいあかりがともった。

吹雪の中を、白い市女笠《いちめがさ》、白い衣裳の旅支度《たびじたく》の若い女が、難渋《なんじゅう》しながら歩いてゆく。どうやら彼女は花嫁で、たったひとりで遠い土地の見知らぬ男のところへ嫁《とつ》いでゆくところらしい。花嫁は真白い化粧で死人《しびと》のようにみえる。

風と雪にさいなまれ、肌もあらわになった花嫁は突如《とつじょ》あらわれた男に手ごめにされる。舞台は暗転すると、天井からするすると格子がおりて女郎屋となり、赤い襦袢《じゅばん》をかきあわせた女が、客席に向って、格子の間から手を突出し、客を引いている。その化粧は、さっきと同じく、真白い死人《しびと》の顔なのである。

こういったことを、おどろおどろしい舞踊劇でやるわけだが、このとき、男の声があった。

「なに、やってんの」

酔った初老の男であった。

そうとは知らず、地下のバーと間違えてはしご段をおりてきたらしい。

「ねえ、なにやってんの」

ぎゅう詰めの、五十人ほどの客が、一斉《いっせい》に振り向いた。見映《みば》えのしないサラリーマン風の男が、レインコートを着て、カバンを抱いて立っていた。

冷やかすとか、わざと面白がって言っているというのではなかった。本当に、一体なにをやっているのか、見当もつかなかったのであろう。

彼は、もう一度大きな声で同じ言葉を繰り返した。

このあたりから、客席に笑いが起った。客は圧倒的に若い人が多いようであったが、その笑いは無粋《ぶすい》な闖入者《ちんにゅうしゃ》をとがめるものではなかったように思う。

そういえば、本当にそうだよなあ。

感心して見ているフリをしているけれど、どこかに少し無理をしているものがある。それを、素直に言いあてられて、ほっとするというか、急に力が脱けたというか。

客席の笑いが大きくなり、もう一回同じことを叫びかけたうしろの男は、劇団関係者によって、おもてへつまみ出されていた。

女郎役の女優は、みなさん痛々しいほどの熱演であったが、一度温度の下った空気はもとへもどらなかった。結局、耳に残ったのは、吹雪の音でも女の叫びでもなく、

「なに、やってんの」

という男の声であった。

新しい音楽。新しい衣裳。新しい考え方。正直いって、よく判らず、いいとも思えないのだが、そう言うと、オクレているようで気がひける。

「なんだ、こりゃ」

「なに、やってんの」

素面《しらふ》でこう言う勇気があればいいと思いながら、つい物判りのいい顔で笑っているのである。

縦の会

この間から本妻の具合が悪かったのだが、この二、三日は全く駄目で物の役に立たない。情に於《お》てはしのびないが、涙を呑んで捨てることにした――といっても万年筆のはなしである。

私は万年筆を三本持っている。三本の中で一番書き馴《な》れたのを本妻と呼び、次に書き易《やす》いのを二号、三番手を三号と呼んでいた。

テレビのセリフは、ホーム・ドラマを多く書くせいであろうが、或る程度早く書かないとテンポが出ない。それでなくても性急《せっかち》なので、万年筆は滑りがよく書き馴れたものでないと、セリフまでいつもの調子が出ないようで焦々《いらいら》する。そんなわけだから、本妻に対しては「糟糠《そうこう》ノ妻ハ堂ヨリ下サズ」文字通り下にも置かぬ扱いをして来た。

どんな場合でも、本妻はうちの外に持ち出すことをしなかった。旅先や外で原稿を書かなくてはならないときは、二号や三号を連れて行った。二号や三号は頼まれれば、他人に貸したが、本妻だけは絶対に他人に貸さなかった。ヘンな書き癖が移ると大変だということもあるが、万一、床に落されでもしたら、という恐れがあったからである。

この本妻も二号も、他人様《ひとさま》からの掠奪品である。

「君はインク瓶の中に糸ミミズを飼っているんじゃないのか」

と言われるほど、だらしなく続いた字を書くせいか、万年筆も書き味の硬い細字用は全く駄目である。大きな、やわらかい文字を書く人で、使い込んで使い込んでもうそろそろ捨てようかというほど太くなったのを持っておいでの方をみつけると、恫喝《どうかつ》、泣き落し、ありとあらゆる手段を使って、せしめてしまう。使わないのは色仕掛けだけである。

出版社に勤めるかたわらラジオの台本を書き始めてから二十年になるが、映画評論家の清水俊二氏からせしめたのを掠奪第一号として、以来、十本以上の戦利品をものにして、これで間に合せてきた。三年間私を食べさせてくれたのは、某テレビ局のディレクターのものだし、二号は某婦人雑誌編集部の敏腕女史愛用のものであった。

本妻が倒れたので、いずれは二号が正妻となり、三号が二号に格上げするわけだが、この三号だけが、私がお金を払って買ったものなのである。

買ったのはパリの街である。

オペラ座のそばに万年筆専門店があるのを見つけ、入ってみた。長い間、他人様のを狙って来たが、これでご飯を頂いているのである。たまには身銭を切らなくてはと思ったのである。

英語の話せる金髪碧眼《へきがん》中年美女の店員が、愛想よく世話をやいてくれる。試し書きをしてもよいかとたずねると、どうぞどうぞと、店名の入った便箋を差し出した。

私は名前を書きかけ、あわてて消した。稀代の悪筆なので、日本の恥になってはと恐れたのである。

「今頃は半七さん」

私は大きな字でこう書いた。少し硬いが、書き味は悪くない。ところが、金髪碧眼中年美女は、

「ノン」

優雅な手つきで私の手を止めるようにする。

試し書きにしては、荒っぽく大きく書き過ぎたのかと思い、今度は小さ目の字で、

「どこにどうしておじゃろうやら」

と続け、ことのついでに、

「てんてれつくてれつくてん」

と書きかけたら、金髪碧眼は、もっとおっかない顔で、

「ノン！　ノン！」

と万年筆を取り上げてしまった。

片言の英語でわけをたずね、判ったのだが、縦書きがいけなかったのである。

「あなたが必ず買上げてくれるのならかまわない。しかし、ほかの人は横に書くのです」

青目玉は激すると光って透明になる。目の前三十センチほどで抗議する青目玉を見ていたら、子供の頃遊んだビー玉を思い出した。

彼女の白い指が、私から取り上げた万年筆で、横書きならかまわないと、サインの実例を示している。それを見ていたら、東と西の文化の違いがよく判った。

昭和ひと桁《けた》生れのせいか、横書きが苦手である。

電車の窓から眺める看板も、横書きになっていると、一度では頭に入らないことがある。大分前のことだが、

「キノネエ醤油《しょうゆ》」

という看板をみかけて、随分謙遜《けんそん》したものだと感心したら、キノエネの間違いであった。文章でも、横書きのものは、一度自分の頭の中で縦書きに直して読んでいる。

ところが、若い人たちからくる手紙は、大半が横書きなのである。字も、お習字で習

った字というより、イラストである。劇画の画面の吹き出しで、「ギャハ!」などと書いてある、あんな字なのである。

中にはイラスト入りのものもあるし、赤やグリーンなどさまざまなペンで書き分けたのもある。形容詞や副詞を英語で書いているのもまじっている。

この間も、ある名門の女子中学に通っているお嬢さん方が遊びに来たので聞いてみたところ、三人が三人とも縦書きは全く苦手だという。

「縦書きのノート使っているのは古文ぐらいかしら」

「本当は横にしないと頭に入らないんだけど」

横書きにされては伊勢物語や土佐日記もびっくりだと思うが、彼女たちに言わせると、縦に書くと、字がだらしなく長くなって嫌だという。

「私は横に書くと、字が蟹《かに》みたいになるけど」

と言う私を、不思議そうに見て笑っていた。

民主主義の辛《つら》いところは、多数決ということである。

このままでゆくと、日本はいずれ横書きの国になる。

週刊誌も新聞も、区役所の戸籍謄本《とうほん》もみな横になる。縦書きは、神主さんの読む「祝詞《のりと》」ぐらいになってしまう。

それでもいいという人は幸せだが、私は駄目である。多分何を読んでも、今の明治生れの人たちが、ほとんど英語で案内の書かれた成田空港に来たように、自分の国に居ながら外国にいるような気分を味わうに違いない。だから私は、今のうちに、亡くなった某作家のひそみにならって、縦の会を作りたいな、と考えることがある。

唯我独尊

同じ料理でも自分で作って食べるより他人様《ひとさま》にご馳走になるほうがおいしい。

「思いもうけて」、つまり期待して食べるゆえである、と方丈記かなにかにあったような気がするが、うろ覚えだからあまりあてにならない。

キエ子が夕食のお招きに預った。

彼女は中年にして独身。仕事を持って働いている女である。悪い人間ではないのだが、時間の観念に欠けるところがあり、仕事の期限や待合せには必ず遅れる。

自分は遅れる癖に、他人が遅れようものなら、中ッ腹《ちゅうぱら》になって顔に出す。ただし稀代の食いしん坊なので、ご馳走つきとなると万障《ばんしょう》繰り合せ誰よりも早く到着する癖があった。

その夜はとりわけ、おいしいので評判の高い料理店へ招かれたこともあり、キエ子は主人側より先に席に着いてお待ちするはしたなさであった。

食事は結構ずくめであった。特に鮑《あわび》のグラタンは絶品で、キエ子は座頭市のような目つきになり、うっとりと溜息をつきながら口だけはせわしなく動かしていたところ、いきなり口の中でガツンときた。貝殻の破片でも入っていたかと、主人側に判らぬよう気を遣いながら、そっとナフキンで受けてみたところ、何と金冠である。

キエ子は胸が悪くなった。

カウンターの向う側で、指図をしたり味見をしている初老のシェフ（料理長）がいる。虫歯のありそうな顔をしているからあの男のに違いない。

キエ子は、子供の頃読んだ漫画の「フクちゃん」を思い出した。たしかおみおつけかなにかの中から腕時計が出てくるのがあった。同じ金でも腕時計ならまだ許せる。

友人が戦争直後の闇市で、一杯十円で食べた進駐軍の残飯シチューの中に桃の種子《たね》が入っていたと聞いたことがあったが、それも戦争直後である。戦後三十四年もたって一流料理店のグラタンから金冠とは何事であるか。

だが、ここで騒ぎ立てては、招いて下さった主人側は恐縮するであろう。招待客は自分ひとりではないことだし、折角《せっかく》の晩餐《ばんさん》を台なしにするのは本意ではないので、金冠はさりげなくくるんでバッグに仕舞った。

「これ以上デブになると後妻の口に差支えますので」

下手な冗談でごまかしてグラタンはそのまま残したが、それから先の料理は胸がつかえて味も何もあったものではなかった。

キエ子の腹立ちは一晩中納まらなかった。

バーを一軒廻って帰ったので、今夜はもう間に合わないが、明日は電話でどなってやる。見るのもおぞましい証拠物件も、ちゃんと取ってある。それが原因で、あのシェフは職を失うかも知れないが、その位《くらい》は当然である。情けをかけることなどあるものか。ご内聞にして下さいと、ケーキを持って詫《わ》びに来ても、断じてケーキは受取らないぞ。

「あなたは見ず知らずの人の使った歯ブラシで歯を磨くことが出来ますか。人の入れ歯をはめることが出来ますか。私はそういう思いをしたのですよ。

これにくらべたら、髪の毛やゴキブリの方がまだ可愛気《かわいげ》がありますよ。お引き取り下さい」

年代もののワインということも考えられるが、ここで、ご丁寧になどと目尻を下げてはいけないのである。断固スジを通さねば——と考えているうちにまた胸がムカつき、怒りくたびれて眠ってしまった。

ところが、朝になり歯を磨こうとして口に水を含んだら、奥歯のあたりが沁《し》みるのである。

金冠は自分のであった。

歯が丈夫なのを自慢にしていたのでコロッと忘れていたが、八年前に小さな虫喰いが出来て、金冠をかぶせていたのである。

キエ子にはこの類《たぐ》いのしくじりがいくつもある。

彼女はこの二、三年、ひそかに日本の印刷事情について憂《うれ》うるところがあった。週刊誌のカラー・グラビアの印刷がズレている。一番ハッキリしているのは人間の眼で、真中の黒目が必ずハミ出している。彼女はもと雑誌の編集をやっていたので、これは製版のズレによるものだと判っていた。

高層ビルだとか、なんだとか上ばかり見て調子づいているが、こういう小さなことは積み残しではないか。グラビアの目玉がズレていて、白目の外に黒目玉がくっついていて、大平さんも山口百恵も赤ンベエをして、文化国家もないもんだ。

そういえばたるんでいるのは印刷関係ばかりではない。鉄鋼関係もなっていない。その証拠に、此《こ》の頃の縫針の出来の悪さは、まさに目を覆《おお》うものがある。三本に一本は、針目が潰《つぶ》れている。作りがズサンなのかごみがつまっているのか、糸が通らないのである。

折を見て誰かに言わなくてはいけないと思っていた矢先に、ある雑誌の編集者と話をする機会があった。いい折だと思い忠告をしたところ、その人は、いきなりこう言った。

「失礼だが、検眼をしたほうがいいんじゃないですか」

キエ子は老眼であった。

老眼鏡が出来上って、かけて見たら、週刊誌のズレていた目玉は、ピントが合うようにピタリと納まった。

針の目もみんなキチンとあいていた。

「お若くみえます」

などという他人様のお世辞をまに受けて、自分ひとりは年を取らないと思い込んでいたのである。

老眼鏡をかけて鏡を見てみたら、顔のしみもよく見えた。髪を分けたら、知らないうちに白髪が増えていた。

世の中で自分ひとりがすぐれている。私のすることに間違いなどあるわけがない。違っているのは相手であり世間である。

天上天下《てんじょうてんげ》唯我《ゆいが》独尊《どくそん》は、お釈迦《しゃか》様ならいいが、凡俗がやると漫画である。

きまりが悪いのでキエ子と書いたが、この主人公の本当の名は、邦子である。

つまり、私なのである。

七色とんがらし

野球狂の友人がいる。勤め先で野球チームを作ったのだが、予算が足りず、人数分のグローブやミットが揃《そろ》わなかった。

「本革」ということばが幅を利《き》かせていた随分前のはなしである。色も材質も違う寄せ集めのオンボロで練習をしていたのだが、試合を前にチームの一人が耳寄りなニュースを聞いてきた。

羽振りのいいあるメーカーの使い古しが倉庫に眠っている。よかったらお使い下さいというのである。同じお古なら、チグハグより揃っている方がいい。早速《さっそく》貰いに行き試合にのぞんだのだが、これが稀な珍ゲームとなった。

キャッチャーがボールをミットに受ける。途端にキャッチャーもバッターも、くしゃみが出てしまうのである。ピッチャーも外野手も、グローブを叩いたりボールを受けたりすると、ハーハーときて、ハークションとなってしまう。相手側からクレームがついて試合は中断の止《や》むなきに到った。どうもおかしいというので調べたら、道具一式をくれた気前のいいメーカーは、胡椒《こしよう》やカレーで戦後大発展をしたところと判った。野球道具は、倉庫に眠っている間に商売ものの香辛料をたっぷりと吸い込んだのであった。

小さなしあわせ、と言ってしまうと大袈裟《おおげさ》になるのだが、人から見ると何でもない、ちょっとしたことで、ふっと気持がなごむことがある。

私の場合、七色とんがらしを振ったおみおつけなどを頂いていて、プツンと麻の実を嚙《か》み当てると、何かいいことでもありそうで機嫌がよくなるのである。

子供の時分から、七色とんがらしの中の麻の実が好きで、祖母の中に入っているのを見つけると、必ずおねだりをした。子供に辛いものを食べさせると馬鹿になると言って、すしもわさび抜き、とんがらしも滅多《めった》にかけてはくれなかったから、どうして麻の実の味を覚えたのか知らないが、とにかく好きだった。少し大きくなり、長女の私だけが、朝のおみおつけに、ほんの少し、七色とんがらしをかけてもいいと言われた時は、一人前として認められたようで、ひどく嬉しかった。

母方の祖父の一番の好物は、七色とんがらしであった。

名人かたぎの建具師で、頑固だが腕はかなりよかったらしい。日露戦争の生き残りで、乃木大将の下で旅順を攻めた。私は戦後の一時期、この人とひとつ屋根の下で暮したことがあるが、今から思うと、なぜ当時のはなしを丁寧に聞いて置かなかったのかと悔まれてならない。

大体が無口な人間だったから、聞いたはなしといえば敵の砲撃が激しくなると、兵隊たちの中で、居職《いじょく》のものは、つまり仕立屋とか時計職人とか、うちにいて食べられる者は、片手片足を上げて、

「撃ってくれ！　撃ってくれ！」

と叫んだというはなしぐらいである。祖父もそうしたのかどうかは知らないが、肩を撃たれ衛生兵にかつがれ後方におくられ一命を拾った。

面差《おもざ》しが死んだ志ん生に似ていたせいか、志ん生のひいきであった。角力《すもう》も好きだったが、七色とんがらしは、この二つと同じ位好きだったらしい。

自分専用のとんがらしの容《い》れ物を持っていて、おみおつけの椀《わん》が真赤になるくらい、かけるのである。見ただけで鼻の穴がムズムズしてきた。とても人間の咽喉《のど》を通る代物《しろもの》と思えなかった。

このとんがらしが原因で、祖父はよく祖母とぶつかった。

頑固なくせに気弱なところのある祖父とは反対に、祖母は、気はいいくせに口やかましいたちであった。

「そんなにかけたら、体に毒だよ」

から始まって、

「長い間かけてるから、鼻もなにもバカになってンだ」

お決りのワンコースをやらないと、気がすまないらしかった。祖父は、女房の悪たれ戦術にはひとことも答えず、言われれば言われるほど、更に自分用のとんがらしを振りかけた。

黙々として赤いおみおつけをすする祖父の鼻の先が、まず赤くなり、それから顔中が赤くなり、汗が吹き出てくる。顔もしかめず、くしゃみもせず、祖父はおみおつけをゆっくりと吸い終った。

若い時分は、ただ職人かたぎのへそ曲りと思っていた。だが、この頃になって祖父の気持が判ってきた。

下戸《げこ》で盃いっぱいでフラフラする祖父にとって、とんがらしは、酒だったのではないか。

関東大震災のあとの建築ブームで、羽振りのいい時代もあった。大きなうちに住み、沢山《たくさん》の職人を抱え、親方と立てられた時代もあったが、人の請判《うけはん》をしたのがつまずきの始まりだった。

そのあとに戦争が来た。

ようやく乗り切ったと思ったら、職人として一番腕の振える全盛期とバラック建築の時代がぶつかってしまった。

気に入った仕事がくるまでは、半年でも一年でも遊んでいる、といった名人肌も、家族を養うためには、折れなくてはならなかった。

昔なら見向きもしなかった小料理屋のこたつ櫓《やぐら》まで作った。

子供たちもあまり運がいいとはいえなかった。頼りにしていた次男は肺を患って若死にした。仕事場のまわりに進駐軍が出入りして、銘木《めいぼく》に平気でペンキを塗りたくるのを黙って見ていなくてはならなかった。

祖父は、愚痴をこぼす代りに、おみおつけのお椀が真赤になるまで、とんがらしを振りかけたのだ。

腹を立て、ヤケ酒をのみ、女房と言い争う代りに、戦争をのろい、政治家の悪口をいう代りに、鼻を赤くして大汗をかいて真赤なおみおつけをのみ下していたのだ。

結局、祖父は、ひとことの愚痴も言わず、老衰で死んだのだが、初七日が終り、やっとうちうちだけで夜の食事をした時、祖母は、長火鉢の抽斗《ひきだし》から、祖父のとんがらしを出した。

「こんなに急に死ぬんなら、文句いわないで、とんがらしをおなかいっぱい、かけさしてやりゃよかったよ」

陽気な人だったから、こう言って大笑いをした。笑っている目から大粒の涙がこぼれていた。

転向

氷を買いにゆく時は、往《い》きはゆっくり帰りは急げ、豆腐屋はその逆で往きは急いで帰りはゆっくり。

子供の頃、祖母からこう教わったが、どの家にも冷蔵庫があり、豆腐はスーパーでパックになったのを売っている昨今では、役に立たない教訓になった。

第一、子供がお使いに歩いている姿を見かけなくなった。コロッケを揚げて貰い、熱々の経木《きょうぎ》の包みを捧げるようにして走って帰る子供の姿は、黄色くて暗い街の電気がともりかける夕方の景色だったが、ピアノを習っているのか塾に通っているのか、今は滅多《めった》に見かけない。子供のない人間だからこんなことを言えるのかも知れないが、親から預ったお金を落さぬように、小さい玉子や傷《いた》んだ菠薐草《ほうれんそう》を混ぜられないように、せいいっぱい注意しながら大人にまじって買物をする緊張感と晴れがましさ、ちょっぴりまじる惨《みじ》めったらしさは、塾などへ通うよりよっぽど人間としての肥《こや》しになる。

万津子は古い友人である。

私と違って猫額大《びょうがくだい》だが庭のある一戸建てに住んでいるのだが、ひる過ぎに訪ねると、露地に面した出窓に必ず白い旗が出ている。

一日一回は豆腐を食べないと気の済まない彼女が、豆腐屋に、「今日も寄って下さい」という合図なのだ。

白旗は朝顔の突っかえ棒に使う細い竹にくくりつけた、ご主人のらしい古いハンカチである。この白い旗を横目で見ながら、建てつけの悪い玄関の格子戸を開けると、実家にでも帰ったような気安さがあって、私はよく遊びに出掛けた。

万津子の口癖は、肉食を止《や》めなさい、ということであった。肉ばかり食べていると体が酸性になり諸病のもとであるという。最後は必ず豆腐を食べなさいになるのが決りであった。

万津子は以前は納豆に凝っていた。

納豆に醤油《しょうゆ》も何も入れずにそのまま一回に一袋ずつ食べる。一年続けたところ、或る日、口許まで持っていったら、どうしても口が開かない。狂犬病や破傷風になるとそうなるというが、犬に咬《か》みつかれたことも怪我《けが》をした覚えもなかったというから、体が味無し納豆を拒否したのであろう。仕方がないので豆腐に転向をした。

万津子は、「自然」という言葉が好きであった。人工着色や防腐剤を不自然なほど恐れていた。

完全食品である豆腐に凝って三年というが、私はこの家の茶の間の障子を見ていると、彼女の一家が胃の腑《ふ》に納めた豆腐が積み重なっているように思われて、少しばかりこわくなった。

出窓の白い旗に、雨のしみが目立つようになった。小学校の時の奉安殿のうしろに立っていた国旗掲揚台の日の丸に似てきた。

いつもご馳走になるから、といっても豆腐や胡麻などの自然食品だが、ご馳走はご馳走である。新しいハンカチをプレゼントしようかなと思っていた矢先のこと、である。いつものように格子戸をあけようとしたら、白い旗が出ていない。

珍しいわね、とからかったところ、少し口ごもって、もう豆腐はやめたわ、というのである。

出窓の洗濯物を取りこむので何気なく窓をあけたら、豆腐屋のおっさんがあたりに人気《ひとけ》のないのを幸い、立ったまま用を達《た》していた。

「このへんおもてに水道も井戸もないのよ。ということは手を洗わずに、お豆腐をさわるわけじゃないの」

豆腐は水の中にあるわけだから、そう神経を立てるほどでもないと思うのだが、彼女

は、

「でも、『触った』わけでしょ」

とあとへ引かない。

「触ったにしてもよ、食品じゃないけど人工着色や防腐剤は入ってないんだし、人間として自然なことじゃないの。あなた、自然ということばが大好きだったじゃないの」

湯豆腐にでもしなさいよ、と言いたかったが、冗談としてはやや品格を欠くし、揚げ足取りにもなることだから、これは心の中で呟《つぶや》くだけにした。

万津子とのつきあいはかれこれ三十年になるが、振り返ってみると、凝って凝ってそれ一筋、と転向の繰り返しである。

太宰治にはじまって、鯨のハム。しわがれ声のサッチモ歌う「ラ・ヴィ・アン・ローズ」。黒ギャバジンのロング・スカート。ジェラール・フィリップ。英会話にカッパエビせん。運転免許とにんにく玉子。紅茶キノコに貴ノ花といった按配《あんばい》である。

凝り性《しょう》の人は、自分だけではエネルギーが余るとみえて、他人への説伏《せっぷく》も物凄《ものすご》いものがある。紅茶キノコの時は、電話の説得だけでは効き目なしと見て、いきなり現物をドカンとほうり込まれた。

ガラスの容器の中に、インベーダーの内臓のような、年とったくらげのようなものがプカンプカンと漂って、これが生きていて増えるという。夜、ご不浄に起きるたびに、つい台所の電気をつけて覗《のぞ》いてしまう。元気になるどころか一度も飲まないうちに、私は恐ろしさにグッタリしてしまい、その気持は紅茶キノコにも伝わったとみえて、テキも見る見る元気をなくして、一週間ばかりでご臨終となった。間もなく、万津子も紅茶キノコ紅茶キノコと言わなくなった。飲んでる？　とか増えてる？　と電話をかけてこなくなった。

凝り性で人にすすめた人は、自分の熱が冷め転向すると、バツが悪いのか少し疎遠になる。うんともスンとも言ってこないのでさては転んだな、と思っていたら案の定であった。キッカケは、「エイ」を見たせいだという。

エイといっても永六輔氏ではない。座布団みたいに平たい魚のエイである。水族館でガラス越しに見ているうちに、目が合ってしまった。

「何かに似ていると思ったら、うちの紅茶キノコなのよ」

それきり飲めなくなったそうな。

彼女が凝ったものの中で、一番血道を上げたものは教会であろう。

クリスチャンになった、というより、教会の雰囲気《ふんいき》に夢中になっているようにみえた。建物も讃美歌もアメリカ人の神父様も、すべて彼女の讃えてやまないものであった。バザーがあれば、まだ使えるスタンドを抱えてとんでゆき、結婚式があれば無料奉仕でオルガンを弾いていた。

その万津子が、いつの間にか教会の話をしなくなった。

「動物園に行って、キリスト様に似た羚羊《かもしか》と目が合ったんじゃないの」

とかまったら、火事がいけないという。

夜中に教会のそばで火事があった。自転車で駆けつけたところ、憧れの神父様が、パジャマにガウン姿で、荷物を持ち出していた。

「その金髪の頭に、クリップがくっついてたのよ」

いま彼女が夢中になっているのは、浪商の香川と生水《なまみず》である。

普通の人

盛り場を歩いていると、チラシを頂いたり、サンドイッチマンから声をかけられることがある。

つい先だっての夜、二、三人の友人と賑《にぎ》やかなところで食事をした。おもてへ出たところで声をかけられた。

「ズボンは、なかで下ろして下さい」

連れの男性のひとりが、食べすぎておなかが苦しくなったのであろう。

「ちょっとご無礼」

といってズボンのベルトをゆるめた途端の「声」であった。

声をかけたのは角に立っていた初老の男で、「アルサロ」の看板を持った呼び込みであった。

世間の狭い私などは、こういうところで世の中を教えていただくことが多いのだが、呼び込みの人たちのキャッチ・フレーズのうまさ、タイミングのよさにはほとほと感心してしまう。

これも同じような場所だが、連れと一緒に歩いていたら、裸体女性がくねくねしている看板を持った呼び込みのおにいさんが立っていた。

おにいさんは、私たちがスレ違うほんのひと息前で、緑のおばさんのようにというか、手旗信号のように片手を水平に上げて、こう囁《ささや》いた。

「普通の人は右へ曲ります」

右手は路地になっていて、ストリップ小屋のにぎやかなネオンがまたたいていた。

二十代から三十代にかけて映画雑誌の編集の仕事をしていたので、外国のスターといわれる人たちに、数多く逢ったが、ジョン・ウェインも、ケーリー・グラントもジェームス・スチュワートも、みな普通の人であった。礼儀正しく、含羞《がんしゅう》があり物静かな男たちに思えた。

ただひとり、肌ざわりが違っていたのは、マーロン・ブランドであった。

彼が来日したのはたしか「八月十五夜の茶屋」という日米合作映画の宣伝のためだったと思う。もう二十年以上も前のことになる。

「波止場」と「欲望という名の電車」で、このニューヨーク派の知的な新しいスターは大変な人気があった。記者会見の会場は帝国ホテルだったが、前例のない豪華なパーティ形式で、新聞雑誌記者やカメラマンたちもびっくりするほど沢山《たくさん》押しかけていた。

こういう場合、大抵のスターは、日本に対する社交辞令をまじえた、ほどのいい挨拶《あいさつ》を三分か五分して、あとは記者たちの質問にこたえ、アルコール——ということになるのだが、マーロン・ブランドは違っていた。

壇の上に立つと、にこりともせず映画論をぶちはじめた。映画論は芸術論に発展し、人生論となり世界観になり哲学になった。

大演説は十分たち二十分たち、三十分を過ぎてゆく。

乾杯のために用意されたビールの泡が消えてゆき、湯気の立っていた料理はさめはじめた。

大演説は一向に終る気配はない。まわりに立っていた新聞記者やカメラマンの間から、

「いい加減にしてくれねえかな」

「締切に間に合わないよ」

という呟《つぶや》きが洩れはじめた。スピーチが終るまで写真撮影は遠慮してほしいということだった。

壇上のブランドは、そんな気配を全く無視して、全部が鼻濁音のようなねばっこい、低い声で語りつづけた。通訳を通して聞くせいもあるだろうが、持って廻った言い廻し

で勿体《もったい》ぶってしゃべる割には目新しいことは何も言っていなかったような気がする。一同、お預けをくって、うんざりした頃やっと演説は終った。四十五分。私が九年間に逢ったスターの中の最高の記録だった。

帰り道、カメラマンが言った。

「普通じゃないな」

私はそう思わなかった。

平然と話しつづける彼は、実はひどく無理をしているように見えた。会場の空気など歯牙《しが》にもかけないように振舞いながら、実は誰よりもそれに気がついていた。オレはほかのスターとは違うんだぞということを、完璧に演じているように見えた。負けそうになる気の弱い自分に挑戦しているというところがあった。

普通でありたくない、と熱望している普通の男の、せいいっぱいの抵抗の姿に見えた。

この人は、くたびれるだろうな、と思った記憶がある。

私のまわりにも、変った人、一見普通でない人は何人かいた。

「お元気ですか」

「おかげさまで」

格別の意味はない。日常の潤滑油ともいえる挨拶を、心にもないことは言いたくないの、と言って一切言わずに暮していた女友達もいたし、お化粧は絶対にしないといっていたひともいる。

他人様《ひとさま》の起きる頃に、朝刊を見てから牛乳をのんでベッドに入り、世間が眠る頃に起き出して仕事をする夫婦も知っていた。

ところが、これらの連中が、申し合せたように子供が出来ると、普通になった。

女はおなかがせり出してくると、普通の女になってしまうものなのかも知れない。

男も、自分の子を抱くと、私の目から見ると、普通の男になってしまった。

自殺をした友人がいた。

この人が、とびっくりするほど目立たない、口数のすくない、ということをのぞけばごく普通にみえた女のひとだった。

びっくりすることをしでかす人というのは、そういう性格や運命の卵を抱いて生れてくるものなのだろうか。

それとも、ごく普通の人も、時と環境のいたずらで、そういう事態を引き起してしまうものなのか。私にはよく判らないが、どうも自ら個性派をというか変人奇人を標榜《ひょうぼう》する人は、実は普通の人という気がする。芯《しん》のところに人と変ったところがあれば、殊更《ことさら》に変った振りをすることはないように思えるからだ。

ところで、「普通の人は右へ曲ります」と言われたストリップ小屋の件だが、連れのひとは、私の見るところ普通の男性と思われるので、右へ曲りたかったらしいが、生憎《あいにく》、私は、同性の裸を見るのは申しわけない、と思い込んでいる普通の女なので、右へ曲ることなく、真直《まっす》ぐに歩いて駅へたどりついてしまった。

孔雀

女がひとりで小料理屋に入り、カウンターに坐ってお銚子を頼むのは、ひとりで外国旅行に出掛けるぐらいの度胸がいる。

そう言ったら、男がひとりでお汁粉屋に入り、満員の女客の中の黒一点としてあんみつを注文する時の度胸と同じだよと反論されてしまった。

はじめてじゃないのよ、こういうとこは馴《な》れてるんだという風にゆとりをみせて振舞いながら、実はきまり悪く、居心地の悪い思いをしているところは似ているのかも知れない。

私がその小料理屋のカウンターに坐った時がまさにそうであった。

週刊誌のうまいもの欄で「おふくろの味」という紹介が出ていたし、住んでいたアパートと目と鼻の場所なので、安心してひょいとのれんをくぐったら、白粉《おしろい》をつけた和服のお姐《ねえ》さんふたりに「いらっしゃーい」と、いやに尻尾をのばした声で迎えられてしまった。肥《ふと》ったのとやせたのと、ふたりのお姐さんの頭の上には大きなお酉《とり》様の熊手がある。場違いな店に飛び込んだことに気がついたが、今更引っこみもならず、カウンターの隅っこに坐ってビールと二、三品を注文した。

鉤《かぎ》の手になったカウンターの向うには二、三人の客が飲んでいたが、私は見ないようにしてビールを飲み、魚をむしっていた。

飯食いドラマと馬鹿にされているが、あれだって書くのは骨が折れる。一時間ものとなると、テレビ用の三百字の原稿用紙で七十枚はある。ぶっ通しで、十六時間かかって書き上げて体重を計ったら、間にちゃんと食べていたにもかかわらず一キロ減っていたことがある。

炭坑夫が八時間働くのと、オペラ歌手がワン・ステージ歌うのと、ピアニストがリサイタルをするのは、みな同じエネルギーだと聞いたことがあるが、テレビのドラマを書くのもそのくらい草臥《くたび》れる。

女ひとり、誰の助けも借りずやっているんだから、たまにはこのくらいのことをしたって、罰《ばち》は当らないんだ。

心の中で言いわけと強がりを呟《つぶや》きながらテレビを見い見いビールを半分ほどあけたところへ、お姐さんが新しいビールの栓をポンと抜き、私の前にドシンと置いた。

「お頼みしませんが」

みなまで言わせず、ゲソの焼いたのが一皿、またドシンと出てきた。

「あちらさんからですよ」

鉤の手のカウンターの、向うの隅で飲んでいる一人の男を指した。

年の頃は五十五、六。色浅黒く立派な目鼻立ちである。湯上りらしく、糊《のり》の利《き》いた浴衣《ゆかた》姿で、私に笑いかけているが、全然見覚えがない。

「判りませんか。お宅へ三回ほど伺《うかが》ったことがあるんですがねえ」

考えるとき首をひねるというが、あれは本当である。すぐ前の、しみの浮き出た鏡に、私の首をひねる姿がうつっていた。

降参した私の隣りに、その人は片手で自分のお銚子の首をブラ下げ、片手で盃を持って引っ越してきた。坐るなりこう言った。

「クズ屋ですよ」

そう言えば、――と私も思い当った。

ポケットから使い古した麻紐を出し、古雑誌を几帳面《きちようめん》に束ねて丁寧に礼を言って帰っていったクズ屋さんがいた。

奥さんには一度、お礼を言いたいと思っていた、と彼は私に新しいビールをつぎながら言った。

私は奥さんではないが、異を唱えると話が面倒になるので黙って続きを聞くことにした。

「奥さんは言葉が綺麗だ」

自分のことをこう書くのは気がさすが、彼の説明によると、何百軒もの家を廻るが、私の応対が一番丁寧だったというのである。

こんなところで逢えるとは思わなかった。ご主人は出張ですか、と言いながら、どうしても自分のおごりを受けて貰いたい、とゲソ焼の皿を私の方に押してきた。

「ぬた二丁。いつもの」

お姐さんに目くばせした。当惑している私に、

「クズ屋のおごりは嫌ですか」

店中の人が、私達を見ていた。私は有難くご馳走になることにした。

彼は、クズ屋という商売がいかに収入《みいり》がいいか熱っぽく話してくれた。ラッシュもなきゃ上役にゴマすることもいらない。ヒモ一本とリヤカーで、借地だけどうちも建てたし、子供二人を大きくした。毎晩、風呂の帰りに、ここで酒を飲むことも出来る。

「雨が降ると来ないけどね」

肥ったお姐さんがまぜっかえした。

「娘がぼつぼつ年頃なんで、おもてを歩いてても鏡台なんかが気になってね」

た。

「娘にゃ新品、持たせなさいよ」

肥ったお姐さんは、少し酒癖が悪いようであった。彼はひるまず話をつづけた。今年は間に合わなかったが、来年は女房をハワイへゆかせてやる。絶対にゆかせてみせる。それは私に言うよりふたりのお姐さんに、常連らしいほかの客に言っているようであった。

結局私は、ビール一本とゲソ焼、ぬたをご馳走になった。ぬたもいかであった。私も自前で、いか刺を頼んだから、その夜はいかづくしであった。「いかになりゆく我が身の上」である。丁寧に礼を言って、一足先におもてへ出た。

人気のない道をゆっくり歩いていたら、アパートとマンションの間から、テレビの書き割りのような、嘘みたいに大きい南瓜《かぼちゃ》色の月が出ていた。

言葉が綺麗だとほめられたが、私の中には苦いものがあった。心底《しんそこ》丁寧な気持で応対したのではない。下に見る気持があるから、それを悟られまいとして、その分だけ余計丁寧な口を利く東京者特有のいや味なものであったのに――

それにしても、その夜のクズ屋の彼は孔雀であった。自分の一番いいところ、こうありたいと思うものをせいいっぱい羽をひろげて、見せていた。

旅先の汽車の中で向い合った人が、こういう姿を見せることがある。「いい息子、いい嫁、いい孫に囲まれて自分はいかに仕合せか」語ってやまないのである。そこまでゆかずとも、私もゆきずりの他人に小さく羽をひろげてみせたことがある。

このあと、私は少し不便な思いをした。

古雑誌がたまり、クズ屋を呼びたいのだが、あの晩の孔雀のおじさんだと、ちょっとバツが悪い。かといって、別の人を頼んでいる最中、孔雀のおじさんが通りかかったら、それも具合が悪い。おもてでクズ屋の呼び声がするたびに、悪いことでもしたように私はドアを出たり入ったり落着かない思いをした。無理をして、いまのマンションを買った理由のひとつに、この孔雀のおじさんのことが入っていたかも知れない。

特別

落語の酢豆腐ではないが、メニューにないものを注文する人がいる。

友人と中華料理を食べにゆく。その人物はなかなかの食通で、行きつけの顔の利《き》く店があちこちにあるのだが、北京烤鴨《ペキンカオヤ》を頼むときに、

「鴨はいらないよ。たまにはアッサリいきたいから、代りに何か野菜を炒《いた》めたのを持ってきてくれないか。それを巻いて食べよう」

などと言うのである。

北京烤鴨というのは、鴨に蜂蜜などの調味料を塗って丸焼きにして、皮ごとそぎ切りにしたものを、細切りの葱《ねぎ》、味噌と一緒にうす焼にした皮に包んで食べる料理である。

給仕人は、「かしこまりました」と引き下るが、私は気がもめて仕方がない。

北京烤鴨は、パリッと香ばしく焦げた皮つきの鴨が、そのかなり高価な値段の大部分を占めると思う。鴨をいらないといわれると、店としては値段の取りようがなくて困る

のではないか。第一、皮や味噌や細切りの葱なども、鴨とワンセットとして用意してあるに違いない。

貧乏性のせいであろう、こういう時私はどうも申しわけないというか落着かない気分になり、ゆっくりと賞味出来なくなってしまう。だが、この友人は、口を動かしながら、メニューを引っくり返し眺め、給仕人を手招きする。

「チャーハンを支那茶でおじやにしたのどうかな。おやじさんに言って作ってよ」

この人にとってメニューは、そこに載ってないものを注文するためのヒント集であるらしい。


これは別の友人だが、この人はどちらかといえば酒よりも甘いものが好物である。行きつけのバーへゆくと、必ず、マダムがそっとケーキや大福を出してくれる。ほかの人には出さず、彼ひとりにである。別にマダムとどうこういう間柄ではないのだが、間夫《まぶ》になったような気分になり、かなり高い店であったが、せっせと通っていた。

ところがある日、いつもの時間より早く入ってゆくと、カウンターで大福を食べている男がいたというのである。

「その男の、俺は特別なんだぞという顔は、そのまま、俺の顔だと思ったね」

友人は苦く笑いながら、こうつけ加えた。

この日、彼には甘いものは出なかったそうだ。北京烤鴨ではないが、カモは時間別に何羽もいたということなのであろう。

女学校時代のことだが、クラスでただひとり、掃除当番を免除されている人がいた。別に体が弱いわけではなく、ヴァイオリンを習っているので、指が固くなるといけない、というのがその理由であった。

彼女の両親も音楽家で、掃除免除のことは、この両親の希望のようであった。

一日の授業が終って、「起立！　礼！」先生が教室を出てゆく。掃除当番でない生徒は、カバンに教科書をつめ陽気にさわぎながら帰り支度をはじめる。掃除当番の生徒は鉢巻をしめ、騒ぎながらはだしになる。

その中でひとりだけ、掃除を免除になっているそのひとは、黙々と支度をして帰っていった。

「悪いわね」とか、「ごめんなさいね」

そういうことは、ただの一度も言わなかった。彼女は無口で、ほとんど口を利かなかったからである。

陽気のいい時は何でもないのだが、雑巾《ぞうきん》を絞る手が真赤になって、息であたためなくては冷たくていられない真冬になると、すこし面白くない空気があった。

一人だからいい。だが、もし全員がヴァイオリンを習って、掃除免除にして下さいと願い出たらどうするのだろうと思った記憶がある。

だが、私たちは面と向って彼女をそしったりいじめたりしたことは一度もなかったと思う。当時、ピアノやヴァイオリンを習っている生徒はクラスに五人か六人で、憧《あこが》れに似たものもあった。それと、一年に二回、学芸会で彼女のヴァイオリンを聞く楽しみがあった。メンデルスゾーンやチャイコフスキーと出逢ったのも、彼女のおかげであった。

私は、今でもカバンを下げて一人で校庭を斜めに横切って帰ってゆく彼女のセーラー服のうしろ姿を思い出すことが出来る。彼女は体操も、普通の体操には参加するが、鉄棒や跳び箱はしないで、ポツンと横に立っていた。運動会の日、彼女の姿は見えなかった。彼女が走ったり思い切り笑ったりするのを、私は見たことがなかった。青白い表情のすくないこの人から、どんなヴァイオリンの音色が流れていたのか、今となっては判らないが、掃除をする私たちよりも、もっと辛《つら》かったのはこの人ではないかと思う。

小さなことでいい、自分だけ特別にしてもらわないと機嫌の悪い人は、まわりを見渡すと案外いるものである。

小料理屋の板前が、自分にだけは鉢巻を取って挨拶する。それを嬉しそうに自慢して、それだけの理由でチップをはずみ、友達をさそっては出掛けてゆく人を知っている。

すし屋へ行くと、必ず塩味だけで卵焼を焼いてくれと注文して、よろこびながら高いお金をとられている人もいる。

どこの何と名を言えば、誰でも知っている料亭で、自分だけは家族用のご不浄を使わせてもらっていると、さりげなく話す人もいる。

トルコ風呂のスペシャルという言葉を聞いたとき、私は物知らずなはなしだが、こういう風に特別扱いされたという自慢ばなしだと思ったことがある。

こういう特別扱いの好きな人たちが、といってもトルコのことではなく、すし屋や小料理屋でのはなしだが、何かの加減で特別待遇を受けられないことがある。

新しく入った店員が、その人の顔を知らなかったりする場合だが、こういう時の腹の立て方といったらない。自慢して引き連れていった友人たちの手前、恥を掻《か》かされたというわけである。別に恥を掻かせたわけではなく、平等に扱っただけなのだが、あの店も駄目になったね、とののしり、しばらく足を向けなかったりするから面倒である。

こういう人たちの共通点は、デパートで買物をしないことである。

小さい店だと我がままが利く。だが、デパートだけは、ひとりだけ塩味の卵焼を焼いてくれというスペシャルは通じないのである。

国鉄は仕方がない。あそこだけは代りに個人のところで切符を買うというわけにもゆかず、五分遅れるから新幹線に待ってくれというわけにもいかないのである。国鉄に乗っているちょっと偉そうな殿方が、面白くないという顔をして揺られているのは、そのせいかも知れない。

長いもの

どうしても鰻《うなぎ》が食べられない友達がいる。わけを聞くと、

「蛇に似ているから」

だという。

私は巳年《みどし》だからというわけではないが、蛇よりも蛾のほうがおっかない。どうしてなの、と重ねて聞くと、

「長いから気持が悪いのよ」

長くて気持が悪いのなら、着物をやめて洋服にすればいいのに。腰紐はこわくないの、とたずねたら、

「腰紐は動かないじゃないの」

もひとつおまけがついて、冷たくて足がないところもおっかないという。

長くて動いて、冷たくて足のないものはほかに無いかと居合せた来客みんなで頭をひ

ねった。一番年かさの、この方は学識経験ともに豊かな紳士でいらしたが、長考の末、「出来た！」とおっしゃった。答は、「ウドン」であった。

半年ほど前になるが、源氏物語を三時間のテレビドラマにまとめる仕事をした。自分を棚に上げていうのだが、ほとんどの人がこの物語を完読していないのに気がついた。一説によると、専門家は別にして、隅から隅までキチンと読んでいる人は日本中で五千人はいないのではないかという。かく言う私も、勿論《もちろん》、この五千人のなかには入っていない。

同じ長いものでも日本の古典は弱いけど外国物なら、というので聞いてみると、これも、心もとないことが多い。

例えばトルストイ。

「ああ、ひげ生やしてるひとでしょ。白いひげ」

ドストエフスキー。

「あの人もひげなのよ。こっちはごま塩だったかな。長さはトルストイのほうが少し長かったわね」

ひげダンスをするわけではないから、ひげの長短はどちらでもいいのだが、作品のほうへはなしがゆくと、ますますややこしくなる。

『戦争と平和』がトルストイで『罪と罰』がドストエフスキーなのよ。二重人格の大学生が金貸しのおばあさん殺すのよ。『戦争と平和』のほうは、オードリー・ヘプバーンが出てたから覚えているんだけど、ほら、敵が攻めてくるんで、荷物やなんか馬車に積んで逃げてくとこ、凄《すご》かったじゃない。肥った気のいい叔母さんが、ヒス起して火薬庫が爆発して——あ、あれは『風と共に去りぬ』か。

奥さんが、うち飛び出したようなものの、にっちもさっちもいかなくなって、汽車に飛び込んで自殺するの、あったわねえ。そうそう『アンナ・カレーニナ』。あれどっちだったっけ? ドス——じゃなくてトルストイだ、トルストイ。四人だか五人の兄弟が揉《も》めて出たり引っこんだりするのあったけど——『カラマゾフの兄弟』——あ、思い出した、ウロンスキーって名前のひと、出てこなかった?」

急に言われても、私だって五十歩百歩だから判らないのである。

こういう人も、作家のプライバシーとなると、多少の知識がある。

「トルストイって、たしか大地主の家柄なのよ。奥さんが物凄い悪妻で、男としては不幸だったらしいわよ。最後は駅の待合室で行き倒れになったって、あのひとじゃない?

そのときに、たしか二女だか三女が迎えにきて、ワンワン泣きながら——あれ? これは『屋根の上のヴァイオリン弾き』か。まざっちゃった」

そのうちに、森繁久彌氏のブロマイドはトルストイと間違えられるようになるかも知れない。

考えてみると、私などもこのクチである。

「失われし時を求めて」がどうした、などと偉そうな口を利《き》くこともあるけれど、本当のところは、飛ばし飛ばし半分ほど読み、あとはさわりだけ。どうにかひとなみに覚えているのは、例のマドレーヌという菓子を紅茶に浸して食べるところぐらいである。

「南総里見八犬伝」も「東海道中膝栗毛」も「万葉集」もシェークスピアの名作も、みんなこんなものである。

活字ばかりではない。

交響曲ひとつ、キチンと聞いたことがないのに、ベートーベンを論じ、チャイコフスキーは甘ったるくて嫌だなどといっている。

そのくせ、ベートーベンの顔やエピソード、チャイコフスキーが腸チフスで死んだことなどは、どこでどうして覚えたのか知っているのである。

これも友人のはなしだが、チャイコフスキーがオーケストラの指揮をする映画を見たことがある、と言い張って聞かない人物がいた。

「凄く貴族的な顔で、カラヤンなんか使いっ走りに見えるくらい優雅な手つきなのよ」

と興奮してしゃべるのだが、どうも辻褄《つじつま》が合わない。

チャイコフスキーは、たしか十九世紀末にはもう死んでいる筈だけど、ということになり、問いつめた結果、ストコフスキーと間違えていたことが判った。「オーケストラの少女」という、日本でも大評判になったアメリカ映画のなかで、たしかストコフスキーは端正な指揮ぶりを見せていた。

このとき居合せた連中のイメージを話し合った結果では、なんとかスキー系統は、スーとした美男型だが、なんとかビッチ系統は、でっぷりしたウオツカ飲みすぎといった出っ腹タイプと思い込んでいるふしがあった。

どうも大きな間違いは、ソビエト関係に多いような気がしている。

人間と人間のつきあいというのも、似たようなものかも知れない。ちょっとつきあって、あの人は判ったわ、などと思うことは、トルストイや源氏物語のほんの一部を読みかじって、判ったと思い込むことに似ているところがある。

もしかしたら、そんなことは判らなくてもいいのかも知れない。何も読まず何も判らなくても、別に少しも困りはしないのだ。

知らないと恥しいと思ったり不安だと思うようになったのは、いつ頃からのことだろう。

ところで、私は、どういうわけかアスターポボという地名を覚えている。たしかトルストイの死んだ場所なのだが、三十年ぐらい前に覚えたこの地名を、一度地図で探してみたいと思いながら、まだ実行にうつしていない。

拾う人

人がお弁当を食べている。

おかずを覗《のぞ》き込まずに通り過ぎることが出来たら偉い人だと思うが、私は絶対に駄目である。
六、七年前のことだが、機動隊がうちのマンションの塀にもたれてお弁当を食べていた。青山の表参道に近い、いわゆるデモ銀座とよばれるあたりだから機動隊は珍しくないが、路上の昼餐《ちゅうさん》というのは珍しい。早速《さっそく》、得意の横目を使って拝見したところ、折詰の中身はいなり寿司と海苔巻詰合せで、当時の見積り金額は一人前二百八十円ほどであった。
お使いに出たら、通りひとつ向うで、デモ隊の一群がやはり路上に坐り込んで折詰をひろげている。これも申し合せたようにいなり寿司と海苔巻であったが、数も少なく一人前二百三十円ほどと値踏みされた。これでは五十円分だけ負けるな、と心配になった。

桜の下や芝生の上なら風流だが、同じ格好で坐り込んでもこれが街中のコンクリートの上だと異様な眺めである。団体だからまだいい。これが一人や二人だったら、異様を通り越して惨めであろう。

今年のお花見は墨堤《ぼくてい》へ出かけたが、そこでちょっと面白いアベックを見た。

夕暮時で、彼女の手造りらしいお弁当を食べているのだが、二人の場所は大きな臨時のごみ箱の隣りであった。二人とも二十五、六。感じのいい恋人同士に見える。それにしても、ほかに場所はないものかと思ってみていたら、女の方が立ってごみ箱をあさり始めた。あっけにとられて見ていたら、ひとがほうり込んだ折詰弁当の中から、小さなプラスチックの醤油《しょうゆ》入れを探して、男に手渡している。忘れて来たのであろうが、ひとの使いかけを探して少しも悪びれた様子がない。

大したものだな、私には出来ないな、と思いながら帰ってきた。びっくりしたせいかいつにないことだが、肝心のおかずを拝見するのを忘れてしまった。

国電山手線の中でアルミのお弁当箱をひろげて食べているひとを見たことがある。太宰治が自殺した年だったと思う。男は中年のセールスマン風で、当時としてはそう珍しい眺めではなかった筈だが、今でも忘れないのは、箸《はし》代りに万年筆と鉛筆を使っていたせいである。ドカ弁と呼んでいた大きな弁当箱に、足で踏み固めたかと思うほどきっちりと御飯が詰めこまれていた。おかずは何だったか覚えていない。男は無表情に箸（?）と口を動かし、吊皮にブラ下った乗客は黙って口許を覗き込んでいた。

車内のビロードのシートが、あちこち細長く切取られて色の違う布で補綴《ほてつ》されていた。車内にも窓の外にも美しい色彩や音楽はなかったような気がする。


私の勤め先はビルの五階であった。

映画雑誌を出していたので、昼間は試写や取材に追われ、割りつけや細かな原稿書きはどうしても夜になる。八時を過ぎると残業のお弁当を取るのだが、或時、取材先から帰ってくる社員の分も入れて注文し、やっと届いたところへその社員が帰ってきた。折角《せっかく》だが、時間の約束があり、食べる閑《ひま》もなく出掛けなくてはならないと言いかけて、

「サンドイッチを貰ってゆこう。階段をおりながら食べるよ」

と言い直した。

エレベーターはあったが、オートメーションではなく手動式なので五時以後は階段を使わねばならなかった。サンドイッチを紙にくるんで、彼は階段を下りていった。

美しい字と文章を書く、容姿の美しい男性であった。モーツァルトが好きだといっていた。

彼が卵のサンドイッチを頬ばりながら古びたビルの、しけったような饐《す》えたような匂

いのする暗い階段をゆっくり下りてゆく光景を考えた。

私はこんな形で夕食を済ますことは出来そうもない。強靭《きょうじん》な人だなと思った。

うちには猫が三匹いる。

中の一匹が九歳になるコラット種の牡《おす》なのだが、これがシーズンともなると、甚だ強烈なラブ・シャワー、つまりホルモン入りのおしっこを遊ばすのである。大体猫のおしっこは執念深く匂うものだが、彼氏のはケタはずれで、いったんしみついたとなると十日経とうが二十日干そうが、絶対に消えないのである。先祖にいたちかスカンクがいたとしか思えない。匂いが目に沁《し》み脳天がしびれ吐気がしてくる。ガス・ストーブもやられ電気こたつも駄目になった。Gパンの裾にかかったので洗濯したら、一緒に洗濯したもの全部に匂いが移って全滅した程である。

気をつけていたのだが、マットレスをやられてしまった。買い立てで上物《じょうもの》だったが、仕方がない。粗大ゴミを出す日を調べ、涙を呑んで捨てに行った。セミダブルなので、かなりの大きさ重さである。みっともないので、人さまがまだ眠っている早朝を狙って、タオルで鼻をおおい、エッサエッサと街角のゴミ置場まで引っぱって行った。マットレスを電柱に立てかけ、そうだ、ついでだからとアパートに取ってかえし、こわれた箱などを手にもう一度戻ってみると、なんとさっき捨てたマットレスが消えている。誰か拾っていったのである。

おもては風がある。室内では強烈に匂うあの匂いも、外ではあまり感じないのかも知れない。ひょっとしたら、蓄膿症《ちくのうしょう》の方かも知れないぞと思いながら家へもどった。

匂いのもとを追い出し、サッパリと朝風呂に入ったところで、また気になった。散歩がてら覗いてみたら――何と私のマットレスは再びもとのところに立てかけてあった。

どこのどなたか知らないが、かついで帰ったものの匂いに気づき、再び捨てにいらしたのであろう。

この日一日、私は笑い上戸《じょうご》であった。私は東京っ子のせいか「ええかっこしい」のところがある。網棚に読み捨てた新聞を拾って読む人を、そうまでしなくても、という目で見ていた。拾と捨という字をよく間違える癖に、拾うより捨てる方を一段上と思っていた。しかし、マットレスをかついで帰り、鼻をつまんで再び戻しに来た人を考えると、この方が人間らしいなという気がして来た。

食べたかったら万年筆の箸で食べればいいのである。暗い階段で食べる卵サンドイッチもオツな味がするかも知れない。欲しいものがあってもはた目を気にして素直に手を出さないから、いい年をして、私は独りでいるのかも知れない。何だか粗大ゴミになったような気がして来た。

人形遣い

小学生の時分に天皇陛下を「拝んだ」ことがある。当時はそう言わないと叱られた。先生に引率されて、小学校の近くの目黒・大鳥神社前の大通りに整列して、どこかへお出かけになる陛下のお車をお見送りしたのである。何時間も前から立っていたので、陛下がお通りになる前に貧血を起して倒れる生徒がいた。最前列にいた子が倒れて、次の列の身なりのよくない生徒が前列に繰り上ることになってしまい、受持の先生が気を遣いながらその子をうしろに下げていたことを、いま思い出した。

恵比寿の方から、

「最敬礼！」

「最敬礼！」

引き攣《つ》ったような号令が聞えてくる。

「直れ！」の声が掛るまで絶対に頭を上げてはいけない。お姿を直接拝むと目がつぶれる、といわれたが、私は一瞬目を上げて車の中を見てしまった。見たことは見たのだが、目に入ったのは陛下ではなく、陛下の前に坐っていた侍従のほうであった。肝心のものを見落して、二番目のものやまわりを見てしまう私の癖は、その頃からのものであったらしい。この時の侍従は、実に考え深そうな顔をしていた。

子供の頃の私は物真似がうまく、「新撰組の近藤勇」と、「ひそかにおしっこをする栗鼠《りす》」という二つの当り芸を持っていた。近藤勇は新聞紙を丸めた刀で殺陣《たて》をやり最後に見得を切り、栗鼠の方は、目を細めて、つつしみ深いような放心したような顔をしてから細かく身を震わせばいいのである。

この二つの当り芸に、「天皇陛下の前に坐る侍従」がもうひとつ加わった。この三つ目はひどく受けるので弟妹たちの前で何度も実演をした。父にみつかってひどい目にあわされたが、何度もやっているうちに、見物からクレームがついた。

「お姉ちゃん、同じ顔じゃないか」

どうやら天皇陛下の前に坐る栗鼠、ひそかにおしっこをする侍従になっていたらしい。

万事おくてで、ラジオやテレビの台本を書き始めたのも三十を過ぎてからである。はじめのうちはスターと呼ばれる人たちをナマで見たりお話をするのが楽しかったが、スターの顔も三度で次第に感激がうすれてくる。本読みの席で、スターを見るよりマネージャーの顔を観察するのが面白くなってきた。特に男のマネージャーがいい。

稽古場の隅の椅子に腰をかけ、同じように台本のページを繰りながら、

「うちの先生、大丈夫かな」

「うちのあの子、ちゃんと読めるかな」

決して顔には出さないが、気を揉《も》んでいるのがよくわかる。スターと呼ばれる方たちは、例外はあるが大抵耳学問で、目学問の方は手抜きが多い。

「断食《だんじき》」をダンショク、「紅白粉《べにおしろい》」をベニシロコと読むなど朝飯前なのである。おまけに私は台本のあがりが遅く、その場渡しになることも多いので、マネージャーがふり仮名をつける暇もない。心ならずもスターさんたちに恥をかかせる結果になる。

稽古場がシーンとなる一瞬があったりして、ヘタなドラマよりスリルがあるのだが、もっと興味深いのは立ち稽古の時のマネージャーの表情であろう。

殺風景な稽古場の床にチョークで家具の位置指定をしただけの台所や、畳を五、六枚敷いただけの茶の間で、うちのスターが台本を片手に演技をしている。マネージャーは、一見退屈そうにたばこを喫《す》ったり、さも忙しそうにスケジュール表に何か書き込んだりしている。「ゆうべも三時よォ」と隣りのマネージャーにぼやきながら、欠伸《あくび》をしたりしている。しかし、よく見ると、彼らはうちのスターと一緒に演技をしている。口も動かさず声も聞えないが、明らかに一緒にセリフを言っている。肩の動きがラブシーンを

するうちのスターと同じだったりする。

スターは顔で芝居をするが、マネージャーは、他人に悟られぬよう、胃袋のあたりでひそかに演技をするから、実に内面的である。深味がある。時に自分のところのスターの演技が未熟で、ディレクターにダメ出し（注意）をされている時のマネージャーの顔の、さりげない、それでいて苦いかなしみの表情というのは、ふるいつきたい程である。ああ、この人たちにもう一息のマスクと個性と「花」があったら、こっちの方におねがいしたい、と思うことがある。脇役として出演していただこうかなと思うほどである。もっとも全部のマネージャーがかくれた名優というわけではない。中にはドサ廻りの壮士芝居のようなご愛嬌《あいきよう》もあるが、それはそれで、主君を思う忠臣の真情が汲み取れて、これはこれで捨てがたいのである。捕物帳の「親分大変だ！」の役にどうしてこういう人材を抜擢《ばってき》しないのであろうか。


物を見る時、肝心かなめを見ないで、そのまわりやうしろのものを見てしまう癖は文楽を見る時に一番はっきりしてしまう。

人形を見ないで人形遣いを見てしまうのである。特に女の人形を遣う人形遣いが素晴しい。

「摂州合邦辻《せつしゆうがつぽうがつじ》」の玉手御前。

「本朝廿四孝《にじゆうしこう》」の八重垣姫。

「心中天網島《てんのあみじま》」の女房おさん。

人形遣いは無表情である。その無表情の中に絶妙の表情がある。目立ってはいけない黒子《くろこ》の抑制の中にほんの一滴二滴、遣う者の驕《おご》りがないまぜになって、押えても押えても人形と同じ、いやそれ以上の喜びや哀しみや色気が滲《にじ》んでしまう。私はいつも人形を見たのか人形遣いを見たのか判らない気持で帰ってくるのだが、この頃になって、この人形遣いの顔は、どこかで見たことがあると気がついた。

結婚披露宴で、口下手の夫がスピーチをする間、つつましくやや下うつむいている奥方の顔が同じである。重役の演説原稿を書いた秘書課長、子供の学芸会を見ている親の顔も同じであろう。自分の書いたテレビ・ドラマを見ている作者の私も似た顔をしているかも知れない。

陛下の前に坐る侍従と、ひそかにおしっこする栗鼠と、自分のスターの演技を見守るマネージャーはたしかに似た顔をしている。それは人形遣いの顔である。

人間は二つに分かれるのかも知れない。スターとマネージャー。人形と人形遣い。気をもむ人ともまれる人。スターと人形は年を取らず、マネージャーと作者と人形遣いは、気苦労で早く老《ふ》けてしまうのである。

正式魔

字も下手だが絵は更に下手である。
どうにか人並みに形がとれるのは南瓜《かぼちゃ》と猫のうしろ姿ぐらいで、河豚《ふぐ》を描くつもりではじめたものの、

「お宅の菜切り庖丁、面白い格好してるわねえ」

外野席からの声で途端に弱気になり、尻尾の代りに柄をつけて豆腐屋の使うような庖丁にしてしまう。特に、色を塗るといけなくなる。それでもまだ十二色の王様クレヨンを使って描いていた頃はよかった。

水彩絵具を使うようになったのは、父の転勤で鹿児島に居た時分だから小学校四年か五年の頃である。水彩の道具を各自で整えておくようにいわれ、祖母に連れられて買いに行った。通っていた山下小学校そばの、有隣館《ゆうりんかん》という大きな文房具店である。

祖母は、絵具もパレットも、水を入れる四角い容器も、兎《と》に角一切合財《かくいっさいがっさい》、一番上等で

一番大きくて一番高いものを下さいと注文した。年かさの店員は、小学生のお嬢さんには勿体《もったい》ないと渋ったが祖母は聞き入れず、

「これの父親が、初めての子供なので、正式に習わせたいと言っておりますので」

と譲らない。

「言われた通りにしないと、帰ってから私が剣突《けんつく》を食いますから」

自分の意見が容《い》れられなかった店員はムッとした顔で奥へ引っこむと梯子《はしご》をかついで出てきた。画家が三脚に向って絵を描いている写真は見たことがあるが、梯子に乗っているのは見たことがない。びっくりして見ていたら、梯子は棚の一番上にある埃《ほこり》だらけの箱を取るためのものであった。箱から出てきたパレットは、レオナルド・ダ・ヴィンチが持つような大型である。銀色の水入れは水筒の大きさであり、白い陶器で出来た筆洗いはカナリアが水浴び出来るほどのゆとりがあった。何だか違うような気がしたが、黙って帰ってきた。

その夜、父は上機嫌であった。晩酌をしながら、左手にパレットを持ち、長い筆で絵具をまぜるしぐさをしてみせながら得意の訓戒を垂れた。

「お父さんはほかはみな甲だったが、図画だけは丙《へい》だった。図画の宿題だけは手伝ってやれないから、しっかり勉強しなさい」

恵まれない少年時代を送った父は、この夜、はじめてパレットというものを手にした

ようであった。

図画のある日、母は風呂敷に水彩道具一切を包んでくれた。大きい上にまちまちな大きさで、筆は飛び出すし、重くてひどく持ちにくい。一抱えもあるのを抱えて登校したのだが、教室に入って呆然《ぼうぜん》としてしまった。私一人だけが違うのである。ほかの生徒は、みなワンセットになって木のケースに入った小学生用を持って来ていた。

私の絵はますます下手になった。そしてもうひとつ、物事をあまり正式にするのは滑稽《こっけい》であることを思い知らされた。

父は何事も正式にやらないと気の済まない人間であった。

冬至には何時に帰っても必ず南瓜を食べる。珍しいものや初物は、たとえ松茸一本でも家長である自分から箸《はし》をつけないと機嫌が悪かった。

元旦の朝、廊下で父と擦《す》れ違う。

「おはようございます」

というと、ムッとした顔でにらみつける。正月匆々《そうそう》何を怒っているのかと思うと、家族一同揃《そろ》って席につき、お屠蘇《とそ》を祝って、

「あけましておめでとう」

の挨拶《あいさつ》を終った途端に声を荒げ、

「便所の前で、新年の挨拶が出来るか。来年から気をつけろ」

とどなるのである。

私が着物を着るようになり、つけ帯を作って見せた途端、ひどく腹を立てた。

「これで、どれだけの時間、得をするというんだ。こんな心掛けでは日本は潰《つぶ》れるぞ」

ひどい水虫に苦しみながら、サンダルやメッシュ（編目）の靴を不真面目と罵《ののし》って絶対に履《は》かず、冠婚葬祭には夏でもモーニングを着用して汗疹《あせも》を作っていた。


小野寺氏は、もと勤めていた出版社の上司である。大正生れだが、何事も正式にやらないと気の済まない点はうちの父といい勝負であった。

編集部にケーキの箱を頂戴する。私たち女の新入社員が、お茶をいれながら皿に移そうとすると、小野寺氏はつと席を立ち、ケーキの箱を手に、デスクを廻りはじめる。初めは男のくせにおかしなことをする人だなと思っていたが、二度三度重なるうちに気がついた。彼は年功月給順に席を廻りケーキをすすめていたのである。

明治節が来ないと、どんなに寒くてもコートを着ない。他人に対する呼び方も、位階勲等年功序列によってはっきりしており「先生」「さん」「君」「ちゃん」をキチンと分けていた。女子社員が男子社員を「君」と呼ぶことを嫌い、その都度《つど》たしなめていた。

編集部の中で彼はまとめ役のような立場にあったが七転八倒するのは、年に一度の席替えの時であった。

年長者を窓ぎわの上席にしたいのだが、冬はあたたかいが西日があたる。電話のそばだと電話番をさせることになるし、仕事の能率もよくない——と何度も机の位置を図に描いては消している。大礼服を着用しているような反《そ》りかえったいかつい体を、ボキンと音がしそうに二つ折にして、「どうもうまくゆかなくて」と先輩の社員に詫びている姿は、二十年も前のことなのに、まだはっきりと目の底に残っている。彼は絶対に他人をあだ名では呼ばなかった。

小野寺氏には三年ほど前に、ばったり出逢った。髪にも白いものが増えており、お孫さんの手を引いていた。背筋を伸ばしたシャンとした姿勢は昔のままだったが、ベージュのサファリ・スーツのような上衣を着ておいでになる。いつも紺の背広にネクタイを息苦しくなるほどキチンと結んでいる人であったのに、さすがにご時世かなと思ったら、

「孫にせがまれて、多摩動物園に放し飼いのライオンを見にゆくんですよ」

といわれた。

何事も正式にしないと機嫌の悪い父を見て育ったせいか、私は略式が好きである。応接間の三点だか四点セットが嫌いで、出鱈目《でたらめ》に椅子をならべ、靴下が嫌いで年中裸足《はだし》である。年賀も欠礼、マンション住いを幸い日の丸門松も出さないで暮している。ところが此《こ》の間、友人の為の小宴の席で、乾杯の前にオードブルに手を出そうとした年若《としわか》の友

人の手を私はピシリと打っていた。あんなに嫌っていた正式魔の血が私の中にも流れていたのである。

黒髪

「時は鐘なり」というと、金の間違いではないかといわれそうだが、私には鐘なのである。

女学生の頃、学校のすぐそばに住んでいた。学校の近くの生徒の方が遅刻するというがその通りで、私はいつも滑り込みであった。雨の日、例によって学校に駆け込み、レインコートを脱いだら、セーラー服は上着だけで、スカートをはいていなかった。

朝礼の鐘が鳴っている。紺と灰色をまぜたねぼけ色のゴワゴワしたレインコートを脱ぐにも脱げずぼんやりと教室に立っていた。朝礼の鐘はますます大きくなっている。このあたりから「時は鐘なり」と思い込んだふしがある。近所に大きなお寺があって、朝夕鐘の音が聞えていた。そのせいかも知れない。

私は性急《せっかち》でチョコマカしている癖に、肝心なことには遅れをとる人間だが、それでも、この頃の東京の交通事情を考えると気の張る待合せにはかなり余裕をみてうちを出る。

そういう時に限って早く着いてしまうので、仕方なくその辺をぶらついて時間潰《つぶ》しをすることになる。

　その時も、劇場街の地下アーケードを、これ以上はゆっくり歩けないというほどゆっくりと歩いて暇潰しをしていたのだが、大きく開いた婦人用洗面所のドアの向うに面白いものを見た。


　女がひとり髪をとかしていた。

　髪は長くお尻のあたりまであった。量もたっぷりあり、手入れもいいのであろう、見事な艶《つや》をしている。女は両足を踏んばり、鏡から離れたところに立って、長い髪をおすべらかしのようにひろげ丁寧に梳《くしけず》っている。その人はびっくりするほど背が低かった。足も短く、美しいとはいえない形をしていた。食堂か何かの従業員であろう、うすい紺の上っぱりを着ていた。鏡に写った顔も、さほど美しいとはいえない。若くもないようであった。彼女はサンダルをはいた足をさらにひろげ、大きく首をふって後へとかした髪の毛をパッと前へおろした。

　踊りの鏡獅子である。

　今度は見事に形のいい襟足《えりあし》があらわれた。彼女はまた丁寧に前にたらした髪をすいている。ドアは何故《なぜ》か大きく開いたままである。

それはそのまま、ひとつのショーであった。この人は、髪の毛だけが生き甲斐《がい》なのであろう。一日のほとんどを、恐らくキッチリと縛って、白いスカーフか何かで包み隠していたであろう髪の毛を、仕事を終え洗面所の鏡の前で大きくひろげ誇らしげに梳ることで、他のひけ目を全部帳消しにすることができるのである。

あのドアは壊れてはいなかった。

私の友人にも、髪を大切にする人がいた。私より少し年嵩《としかさ》だったが、靴下に伝線病と呼ばれるほつれがあっても髪の乱れていることはなかった。

彼女の髪はさほど長くはなかったが、いつも美容院に行きたてのようであった。

映画を語っても、天下国家を論じていても、この人がひとり加わるといつの間にか、話は髪のことになり最後は決ってこの人の髪の美しさを称《たた》えさせられることになっていた。

毎朝、若布《わかめ》の味噌汁を食べること、睡眠を十分にとることが美しい髪を保つ秘訣《ひけつ》だと教えてくれた。ただ眠るだけでなく、部屋を暗くして、髪の毛を休ませなくては駄目だと言っていた。

この人と一緒に社員旅行をしたことがある。社員旅行というのは宴会が終っても、すぐにはおやすみなさいにはならず、男女別々の大部屋に布団《ふとん》を敷きならべ飲んだりだべったりして夜中過ぎまで騒いでいる。

だが、彼女ひとりは、十時になると部屋のすみの鏡に向い髪にブラシをかけて、クリップを巻きつける。ネットをかぶり、自分の布団をひっぱって押入れの中に入るのである。

押入れの下段に横になり、裾《すそ》の方を十センチほど開けていた。この人とは何度もスキーや旅行を一緒にしたことがあるが、この習慣は変らなかった。この人も女としてはあまり幸せとはいえなかった。

一点豪華主義というのだろうか、すぐれたひとつだけを、とりわけ大切にして暮している人がいる。

ほかはまったくかまいつけないが、指だけは綺麗にマニキュアをしている人がいる。明らかに脚を計算に入れて服を選び、スカートの丈を決め立ち居のポーズを作る人も知っている。胸の形が自慢でいつも同じ形に大きく胸を開けた服を着ている人もいる。この人の襟刳《えりぐり》は毎年五ミリずつ大きくなっている。麻薬や香水と同じで、少しずつ量がふえる中毒症状があるのかも知れない。

声が五十嵐喜芳《きよし》に似ているのが自慢の男もいる。さり気なく「カルメン」の一節などを口ずさむのだが、いつも同じ所を繰り返すところを見るとレパートリーはあまり多くないらしい。この人も、話の中で必ず声のことに触れ、自分を讃《ほ》め称える幕切れに持っていくよう苦労しているところがあった。

こういう人と話をするのは正直言って気骨《きぼね》が折れる。

民謡で、歌い手の後に囃子方《はやし》がつくのがある。

「ソウダソウダマッタクダアヨ」

と繰り返すが、あれになったような気がする。囃し手のアップをテレビの画面で見たことがあるが割合に冷い顔をして、口先だけで歌っていた。

住いでも同じようなのがある。

ほかはさほどではないが風呂場にだけは贅沢《ぜいたく》しました、ホームバーだけは、御不浄だけはとそこだけ不釣合なほど豪華版な作りがある。案内する方も讃め言葉を期待しているのでこちらも気をつかって讃めそやすが少しばかり痛々しい気がしてくる。安普請《やすぶしん》なら安普請なりで統一した方が住む人も客も落着けるような気がするが、これは好みの問題であろう。

「秘すれば花」ではないが、人に誇るただひとつのものがあるとしたら、それはおもてにあらわすより隠しておく方が幸せになるような気がして仕方がない。

男が髪を長く伸ばすようになって、女の丈《たけ》なす黒髪も株が下った。そこへゆくと、男が丁髷《ちょんまげ》を結っていた時代は、女は長い髪でかなり勝負ができたらしい。

女の髪は夜は冷く重くなる。寝苦しい夏の夜も、汗ばんでいるのは地肌に近い生際《はえぎわ》だけで、女のお尻と髪はいつもひんやりと冷いのである。それでなくても昔の夜は暗かったから、指先と匂いと朧《おぼろ》な月の光で恋をした。演出と小道具に心を砕けばたいていの女は美女になれた。

幸せなひとは、たったひとつの欠点を気に病むが、あまり幸せでないひとは、たったひとつの自慢のタネにすがって十分楽しく生きていけるのであろう。

白か黒か

子供の時分、親に言いつけられた用のひとつに、風呂の湯加減を見る仕事があった。

今と違って、ガス風呂ではなかったから、薪《まき》の太さや乾き具合で火の勢いも違っていた。まだ大丈夫と思って風呂の蓋《ふた》を取ると、沸き切って湯玉がはねていることもあったし、いい加減薪をくべたと思っても、ぬるいことがあった。

遊んでいると母に呼ばれる。

「お風呂の加減をみておいで」

軽くこう言われるとなんでもないのだが、

「お父さんがお入りになるんだから、ちゃんとみてきて頂戴《ちょうだい》よ」

と母が言い、そばから祖母が、

「すこし熱いかも知れないよ」

口をはさんだりすると、もういけなかった。

まず右手の先を入れてみる。

たしかに熱い。だが、熱いかも知れないと言われたからそう思うのかも知れないという気もしてくる。

一度出した手を、もう一度入れてみる。二度目は、手の温度が違っているせいか、はじめのときより、もっと判らなくなっている。

左手を入れてみる。

このへんから、ますます自信がなくなってくる。いい加減のところで報告して、

「俺は菜っぱじゃないんだぞ。人を茹《ゆ》でる気か、お前は」

父にどなられたことがあった。

「酒を飲んだあとは、少しぬる目の風呂がいいんだ。女の子なんだから、そのくらい覚えておけ」

女の子だからというのは、嫁にいったとき役に立つという意味だったと思うが、この点では父は娘を見る目がなかった。

兎《と》に角《かく》、なにかというとどなられていたので、子供の方もしくじるまいとして緊張をしてしまうのだろう。

「入っていいか。脱ぐぞ」

父がどなっている。

「熱いの？　ぬるいの？」

母の声もする。

「熱いといえば熱いようだし、ぬるいといえばぬるいような気もするんだけど」

と言いたいが、これでは答にならないと思い返して、もう一度、手を入れようとするが、すでにして両手は茹でだこのように赤くなっている。

仕方がない。私はスカートの裾をまくり、片足をそろそろと湯船のなかに入れかけた。

ガラリと風呂場の戸があいて、

「何をしているんだ、お前は」

猿股《さるまた》ひとつの父が立っていた。


白か黒か。

改まって考えると、判らなくなる癖がある。

これも子供の時分だが、冬など私は朝起きると、母や祖母に、

「ねえ、今日は寒い？　寒くない？」

と聞いて、

「そのくらい、自分で考えなさい」

と叱られた。

考えても判らないから、丁寧に考えれば考えるほど判らなくなってしまうから聞いているのである。

三つ子の魂何とやらで、私は今でも旅行に出るときなど、慎重に考えたあげく、頓珍《とんちん》漢《かん》な身仕度《みじたく》になってしまうことがある。

ついこの間も、北アフリカへ遊びにいったのだが、サハラ砂漠は朝晩は非常に冷えますよ、と言われたのに、そうかも知れない、と、そんな筈はないのふたつを、仕事そっちのけで、小一月にわたって考え抜き、結局、夏仕度で出かけていった。案の定、朝晩は大変な冷え込みようで、私は厚いセーターを買い、それでも足りずにモロッコの奥地の小さな町で三千五百円で毛布を買い、くるまってふるえていた。

憧れのサハラ砂漠に立った記念写真のなかで、だんだら縞《じま》の毛布にくるまって、みの虫のような姿をしているのは私ひとりであった。

あれは、日本がシンガポールを落したときだったと思うが、

「イエスかノーか」

と迫ったのは、山下奉文《ともゆき》中将であった。

私は、このときの相手、パーシバル将軍に同情してしまう。

同じような意味で、私が尊敬するのは博奕打《ばくちう》ちである。

丁か半か。

とにかく、どちらかにキッパリと運命をゆだねるのである。この前丁と踏んだら半ということがあった。いま直観的に丁、と思ったということは、半ということかも知れぬ、などと思いは千々《ちぢ》に乱れて、婚期を逸してしまうのである。

丁半から、いきなり婚期にはなしが飛ぶのは支離滅裂《しりめつれつ》だが、実感なのだから仕方がない。

私は失格だが、博奕打ちとしては女のほうがすぐれているのではないだろうか。

この男、と見込んで一生をゆだねるのは、まさに一六勝負である。

男は仕事がある。女房の出来不出来、合う合わないで、一生の浮き沈みがそのまま決まるものでもないが、女は何といっても肩をならべる男次第《しだい》である。

結婚はそれを、丁、半で決めるようなものだ。子供を生むのも、同じようなものだといった人もいたが、私にいわせれば子供は一人と限らない。二人三人生んでおけば、丁も半も出るではないか。

いまの教育の、マルバツ式で採点するやり方は多分正しいのであろう。すくなくとも、子供は迷わずに大局をつかむことに馴《な》れてゆく。迷うことすらなくなって、私のような欠陥人間は減ってゆき、すこぶる効率よく暮してゆくようになりそうだ。

これから先は屁理屈を承知で言うのだが、売れのこりの女の子、つまり私が、曲りなりにもドラマなど書いてごはんをいただいている部分は、白か黒か判らず迷ってしまう部分のような気がする。

好きかといえば好きではない。嫌いかといわれればそうでもない。好きでいて嫌い。嫌いなくせに好き。

善かといえば丸っきり善ではない。

では悪かと聞かれると、あながち悪とは言い切れない。

そんなところが人間だという気がしているのだが、そのせいか、三年ほど前に、女性誌の仕事で同じ放送作家の倉本聰《そう》氏をインタビューしたとき、とても嬉しいことがあった。

「五歳のときなにしてらした」

とたずねたら、倉本聰氏は、人の倍はありそうな大目玉で、

「ぼんやりしてた」

と答えてくださったのである。

たしかにあの時分は、テレビもマンガもなかった。いま、ぼんやりしている五歳の子供はいるのだろうか。

席とり

エレベーターの前に並んだ行列では、私が一番先頭であった。

ビルの七階だか八階に出来た演芸場へ落語を聞きに行った時のことである。一階の切符売場の時計は定刻を過ぎていたし、自由席であったから気にしていたのだが、これなら大丈夫だ。

下りてきた劇場直通のエレベーターのドアが開く。エレベーター・ガールが、

「ご順に中程へお詰め下さい」

と叫んでいる。

叫ばれなくても、私はこういう場合、すすんで奥へ詰め一番好きな隅に体を貼りつけるタチである。ギュウ詰めの客をのせてエレベーターは劇場のある階に着いた。ドアから吐き出された客は我勝ちにとモギリのお嬢さんのところへ駆け出した。私もあとにつづいたのだが、順位はビリであった。中へ入ったら、すでに前座ははじまっていたが、

席のないのは私一人であった。

この夜は一番のひいきの噺家《はなしか》が久しぶりに出ていたのだが、私はあまり笑えなかった。不条理などとご大層なことを言うつもりはないが、どう考えても納得がいかなかった。私はルールを守ったのである。ご順に中程へ詰めたのである。その結果、一番だったのがビリになり、二時間立ちっぱなしになってしまったのである。私よりあとに来た人が坐って笑っているというのに、私は立ったまま、あまり笑えないでいるのである。

こういう場合、どうしたらいいのであろう。中へ詰めろと言われても絶対に言うことを聞かず、エレベーター・ガールの横にへばりついて頑張り、ドアがあいたら一番に飛び出すべきなのだろうか。それとも、こういうことはままあることだとあきらめるべきなのだろうか。劇場関係者や知慧《ちえ》のあるかたがたにお伺《うかが》いしたいと思いながらまだそのままになっている。

これとは全く違うはなしだが、大分前に地下鉄の渋谷駅でこんな光景を見たことがある。

朝の通勤ラッシュの最中で、地下鉄を待つ乗客は、駅員の指示にしたがって二列に並んでいた。一番目の電車に乗る人が乗車位置の最右端の二列、次の電車に乗る人が、その次の二列という具合である。

毎朝のことだから、人々は黙々と並び、黙々と押しくら饅頭《まんじゅう》をしていたが、中にちょっと目立つ二人がいた。母と娘であろう、似た顔立ちの五十がらみと三十ほどの二人連れである。二人とも派手な、かなり質のいいスーツを着て、お揃《そろ》いの帽子をかぶっていた。造花がつき、黒いネットの下った帽子である。品は悪くないが、母も娘もかなり頬紅が濃かった。二人は、一列目の最後尾について電車に体半分だけ乗り込んだ。

いつもそうなのだが、一台目の電車にすぐ乗れる列のドン尻につくと、はずみをつけて押しこまなくては体は入らないのである。駅員が二人のお尻を押して押しこもうとする。二人は、「何をなさるの」という風に憤然として電車を降りた。そして、当り前という感じで二列目の先頭についたのである。

二列目の乗客が列のうしろに並びなさいと抗議をしたが、二人は、

「どうしてなの？」

「おっしゃる意味がわからないわ」

と動こうとしない。

遂に駅員が飛んできて説明をする騒ぎになった。私は二台目の電車に乗る列の中程にいたのだが、持ち前の弥次馬根性から、事の成行きを見とどけようと、列を離れた。

二列目の先頭の乗客は、自分は坐ってゆきたいためにいつも十分はここで並んでいる。

あんたみたいなことをされたんじゃたまらないと興奮して食ってかかり、駅員もルールを説明するのだが、娘の方は強気なたちらしく、あとへ引かない。

「おかしいじゃないの。二列目のラストについたら、またあたしたちは乗れないわよ。そしたらまた三列目のお尻につけっておっしゃるの?」

「乗れたのに降りたんじゃないか」

「それは個人の自由でしょ」

満員のホームのうしろから、

「馬鹿にかまうな」

「乗せるな、乗せるな」

という声がかかった。誠実そうな駅員は、地方訛《なま》りのある口調で同じ説明を繰り返している。

突然、娘の方が叫んだ。

「お母様、タクシーでいきましょう」

二人は人波をかきわけて改札口へもどって行った。

あのひとは判っていた。大袈裟《おおげさ》に言えばホーム中の乗客を相手に言い争いながら、その途中で、自分の間違いに気がついていた。しかし、

「あッ、そうか。そうだったんですね。あたしカン違いしてたわ。ご免なさい」

と言えなかった。

あの帽子がいけなかったのであろう。

造花のついたネットの下ったお揃いの帽子の手前、頭を掻《か》くことが出来なかったのだ。


ラッシュの乗物にしろ、劇場の椅子にしろ、私は席とりは不得手である。

百メートルを──とタイムを申し上げるほどではないが、足だけは早い方で、陸上競技の真似ごとをしたこともある。にもかかわらず、いつもアブレていた。

愚《ぐ》図《ず》なタチではない、むしろほかのことではすばしこい方だから、坐ろうと思えば坐れるのである。人を押しのけ突進するのが嫌《いや》なのだ。浅間《あさま》しい気がする。みっともないと思ってひるんでしまうのである。

しまいには、はじめから坐ることを放棄して、吊皮にブラ下って、みなの席とりの済むのを待っていた。我ながら嫌味だなと思うが、十年の勤め人暮しの間、この習慣は変らなかった。

一緒に映画館にゆき、席とりの出来ない私を見た女友達が意見をしてくれた。気魄《きはく》が足りない、というのである。「ええかっこしい」だとも言われた。

「待ってたら、席なんかひとつもないのよ。あんた、女の幸せ、とり逃すよ」

その通りである。こういう人間は晩婚である。

この友人は私と同い年だが、早々とエリートと結婚して、三十前に三人の子供を生み上げ、来年はおばあさんになる。

そういえば、いつか倉敷へ絵を見に行った帰りに、新幹線に飛び乗ったら、通路までギュウ詰めの超満員であった。その時、五十がらみの男が大きな声で、一人一人下車駅を尋ね出した。大阪で降りる人をみつけ、片手拝みで席を予約していた。その人は親切にも、感心して見ていた私にもひとつみつけてくれた。大阪駅で礼を言って坐りながら、この人も多分、結婚、就職をキチンとやり、家を建て、定期預金をしているに違いないと思った。その人は、鞄《かばん》の手紐《てひも》を手首に二重に巻きつけ、早くも寝息を立てていた。

キャデラック煎餅

朝八時半になると、マンションの車寄せに自動車が並びはじめる。社長とか重役とかいうひとたちの迎えの車であろう。黒塗りの大型が多く半分は外車である。

毎朝同じ時刻に顔を合せるせいか、運転手たちはお互いに顔馴染《かおなじ》みとみえ、うしろの席に乗せるひとが玄関に出てくるまで、ひとかたまりになってしゃべったり煙草を喫ったりしている。

私はちょうどその時刻に一階の郵便箱へ速達が届いているかどうか覗《のぞ》きにゆくのだが、三人五人と固まって待っている運転手の人たちが、時に笑い声を上げていながら、いつ主人が出てきても具合の悪くないように気を配っているのに感心した。今まで白い歯をみせて冗談を言っていた紺の制服の人は、あるじの姿を見つけると急に別の人間となり、車に駆け寄ってドアをあけるのである。

その中でひとりだけ、雑談の輪に加わらず車の手入れをしている運転手がいた。年の頃は五十五、六。車はキャデラックで大型だが彼は極めて小型で、花沢徳衛《とくえ》という俳優に似ていた。迎えの車はどの車も光っていたが、彼のは群を抜いてピカピカであった。ある朝、少し遅れて一階へおりて行くと、ほかの車はみな出たあとで、彼のキャデラックだけが玄関に残っており、彼は車の中で煎餅《せんべい》を食べていた。運転席に坐り窓を全開にして、顔を外へ出し、赤んぼうの頭ほどある大きな丸い煎餅をかじっていた。

待たせているので、お茶受け代りに貰ったものであろうが、煎餅の粉を車の中に落すまいと精いっぱい気を遣っていることは、大きく顎《あご》を突き出したその格好からも充分に察することが出来た。

不意に私は、何十年も忘れていた映画の一場面を思い出した。映画はエノケン主演の喜劇である。

田舎から出てきたエノケンは何をやってもドジで、勤め先をしくじってばかりいる。散々失敗したあげく、狭い下宿のチャブ台で、エノケンは田舎へ残した母親に手紙を書く。「仕事は極めてうまくいっている。会社は自分の人間を見込んで、高価な大型の機械を自分に任せてくれている。何十人という人間をあずかる重要な仕事についてます」といった手紙の文にダブって、ダブダブの白いつなぎを着たエノケンが、ホースでバス

（乗合自動車）を洗っていた。

観客はどっと笑った。私も一緒に笑った覚えがある。今にして思えば、これが我が人生ではじめて出逢ったオーバー・ラップであり、はじめて大人と一緒に笑った経験であり、はじめて大人というものを理解したような気がする。映画館はいまの国電目黒駅近くの目黒キネマである。この時一緒に獅子文六原作、徳川夢声主演の「胡椒息子《こしょう》」を見たような気もしているが、当時二本立てがあったのかどうか、記憶違いかも知れない。私は小学校二年生であった。連れていってくれたのは、父であったか祖母であったのか、これも覚えがない。

私の父は自分の勤める会社のものを滑稽《こっけい》なほど大切にする人間であった。

会社の封筒、会社の鉛筆、会社のメモ、会社の便箋……。

父はよくうちへ仕事を持って帰っていたが、そういう時でも、それらを極めて丁寧に扱い、私たちが手を触れると青筋を立てて怒った。子供の頃、私は会社のマークの入った手帖だか封筒を踏んだといって、父にしたたか突き飛ばされた記憶がある。

大晦日《おおみそか》になると、父は、自分の会社のカレンダーや会社の手帖を子供たちに勿体《もったい》ぶって分けてくれた。

品質は悪くないのだが、何分生命保険会社で、デザインなども野暮ったいから、いかに何十年前といえども、子供にとってこのご下賜品《かしひん》は迷惑な代物《しろもの》であったが、いらないなどと言おうものなら拳骨《げんこつ》が飛んで来そうであるし、粗末に扱っているところを見つかると、それこそ風雲急を告げたから、私達は「会社の」というとビクビクしていた。

「会社の」はまだこのほかにも沢山《たくさん》あって、創立何十周年記念の大花瓶やら、契約成績全国第一位の置物やら、毎夏家族に頂戴《ちょうだい》する扇子などが山とあった。三年に一度の転勤のたびに、父はほかのものを処分してもこれらの「会社の」を捨てることを許さず、鹿児島から仙台まで各地を転々とついてきた。

子供心に、私は嫌だなと思っていた。

そこまで会社に忠誠を誓わなくてもいいじゃないかと出世主義の父を内心軽蔑し、家族にまでそれを強要する父を憎んでいた。

女持ちにしては無骨な大振りの、「会社の」扇子を帯にはさんで、汗を掻《か》きながら上役へお中元を届けにゆく母を可哀そうに思っていた。

父の手前、使ったような顔をしながら、実は、お小遣いをためて文房具店でひそかに買った赤い革の手帖を使ったこともあった。

学校を出て、勤めるようになって、何年目だったか、例の通り大晦日に「会社の」カレンダーと手帖を差し出した父に、

「私はいらないわ」

と言ったことがある。長い間、言いたくて言えなかった言葉であった。

父は、眼鏡越しにびっくりしたような顔で私を見た。こめかみの青筋が蛇のように動いている。拳骨が飛んでくるかと思ったが、それは大丈夫であった。

「それなら、いい」

父は四人の、子供の数だけ束ねた緑色の革の手帖を音を立てて手文庫に仕舞い込んだ。

キャデラックの窓から首を出して煎餅を食べていた運転手は、私の父の姿である。はじめ見た時は、おかしく思い、ああまでしなくてもと内心失笑しながら、気持の底で笑い切れないものが残り、玄関から自分の部屋までエレベーターでのぼりながら、妙になつかしく思えて来たのは、あの姿に自分の父親を見たからであろう。

身びいきもあると思うが、あれはやはり正しかったような気がする。

自分の仕事を誇りに思い、勤め先を大切にして、家族にもそう思ってもらいたいと熱望して七転八倒した父は、すくなくとも私より、職業欄に「放送作家」と書き込むたびにシラけたような顔をしてみせる私より真面目に生きていた。流行遅れかも知れないが。

殴る蹴る

東京には珍しい大雪の晩であった。

私は、パジャマにセーターを羽織り、その上にオーバー、長靴という格好で六本木を歩いていた。

稽古が明日に迫ったテレビドラマの脚本をどうにか書き上げたら夜中になっていた。夕方までに必ず印刷所へ届けておきますから、と嘘をついた手前もあり、歩いても三十分の近場《ちかば》だから、たまには雪の中を歩くのも悪くないと、原稿を届けた帰りであった。濡れてもいい、汚れてもかまわないと覚悟を決めると、雨や雪の中を歩くのは楽しいものである。二十も三十も若返って歩いていると、いきなり肩を叩かれた。

顔見知りの俳優たちが二、三人立っている。すでにかなりアルコールが入っており、一緒に飲もうと、目の前の焼鳥屋に引っぱり込もうとする。

とんでもない。中へ入ってコートを脱いだら下はパジャマである。

ドラマの本読みでは、ディレクターと並んで上座《かみざ》に坐り、時には先生面《づら》をしなくてはならないのが、年甲斐《としがい》もない臙脂《えんじ》に白のポチポチの花柄パジャマでは、あとあと重石《おもし》が利かない。

まだ仕事が残っているからと、街路樹にしがみついて必死の抵抗をして難を逃れた。

大雪のことでもあるし、誰にも逢うことはないであろうと高をくくって、気のせくままにパジャマ姿で飛び出したのだが、東京は油断がならない。

六本木の交差点も、さすがに人通りはまばらである。タクシーの姿も、ほとんど見えない。近くに住んで十年になるが、こんな六本木は初めてなので、しばらく足を止めて白くなってゆくあたりを眺めていたら、また声がかかった。

「十円貸してよ」

縦横充分。みごとな体格の中年美女が、手を突き出し前後に揺れながら立っている。白っぽいお金のかかった着物にミンクのストールを羽織っているところを見るとバーのマダムであろうか。

「電話掛けンだからさ、十円貸してよ」

切羽《せっぱ》つまった涙声である。濃い化粧が涙でグシャグシャになっている。グシャグシャは顔だけではない。白い着物の裾も白足袋《たび》も濡れたねずみ色だ。

私が黙って十円玉を出すと、彼女はまるで自分の店のホステスから十円玉を受取るよ

うに、当り前といった感じでひったくった。ひったくりながら、

「なにさ。人、馬鹿にして」

と言ったが、これは私にではなく、これからかけるべき電話の相手に叩きつける言葉のようであった。彼女は右に左に揺れながら公衆電話のある銀行の方へ歩いていった。

雪はまた烈《はげ》しくなった。

指には大粒の光るものがあったし、高そうな腹鰐《はらわに》のバッグもふくらんでいたが、いろいろ大変なんだなあと思いながらうちの方へ歩き出したら、うしろから叫び声が上った。

さっきの彼女である。

「この公衆電話、どしたのよォ。電話掛けるとこがついてないじゃないの」

体ごとかじりつき、激しくぶん殴りながら泣き叫んでいる。

「機械まで人を馬鹿にすンだから」

彼女のかじりついて殴っている四角くて赤いものは、コカ・コーラの自動販売機であった。

機械がいうことをきかないといって、ぶん殴るのは、子供の頃から身近かで眺める光景であった。

ガアガアと雑音の中に本物の音がまじり、それもしばしば聞えなくなるラジオを、父

は よく張り倒しては聞いていた。

ぶん殴ると、真空管か何かの具合でも変るのか、いっときは聞えるのである。

廻っているうちに、人間の方へ唸《うな》りながら擦寄《すりよ》ってくる扇風機というのもあった。畳の方がかしいでいたのかも知れないが、これも、

「馴《な》れ馴れしいぞ、この野郎」

などと言いながら、小突いたり、蹴っ飛ばしたりすると、一瞬恐縮したように唸り声を低目にし、首うなだれて前進をやめていた。

こういう育ち方をしたせいか、今でも機械を使いこなすのは、頭ではなく腕っ節というところがある。何かあると、どうして具合が悪いのか考える先に手が出てしまう。

パチンコ屋で、チューリップが開いたのにタマが出ないと、ベルを押さないで、

「出ませんよォ」

台のガラスを叩くのである。

駅で自動券売機から切符が出ない時も同じで、まずひとつふたつ殴ってみる。

これは私だけではなく、今の日本人の半分は、特に戦前・戦中派と呼ばれる年格好には多いのではないだろうか。

先だっての夜ふけ、ある自動販売機のコーナーをのぞいたところ、ワンカップ大関を

手にした中年の男が、ひとつの機械に向って、口汚く罵《ののし》りながら、殴る蹴るの暴行を加えている。

どうも当てにしていたイカ燻《くん》かなにかのおつまみが品切れなので、腹を立てているようであった。

相手が自分の思い通りにならないと、カッとなり八つ当りをするからこうなるのだが、こういう手合いと雖《いえど》も、鍋釜《なべかま》や庭箒《にわぼうき》に殴る蹴るの狼藉《ろうぜき》はしない。ややこしく、むつかしそうな電気製品などの機械類が多いのである。

たかが機械のくせに自分より教養もあり頭がよさそうである。どうして音が出るのか走るのか物が映るのか、いくら考えても理屈が判らない。判ったような顔をして使ってはいるが本当のことはチンプンカンプンである。値段も高い。一どきには手が出ないから月賦である。

どうもテキはそのへんを見すかしているらしく、ツンと取り澄して小面《こづら》憎い。

それでも、ちゃんと動いて物の役に立っている間はいい。いったん、動かなくなると、常日頃、押えている不満が爆発する。

「お前の方が賢《かしこ》いと思って下手《したで》に出ていたが、なんだい、おかしいじゃないか」

「見ろ。だから機械は駄目なんだ」

少しずつ、目に見えない勢いで、じりじりと人間は機械に押されている。自転車や懐中電灯までは何とか判ったが、テレビだのクーラーとなると、もうお手上げである。コンピューターとなると、もう見当がつかない。

だから、こういう機械が故障する、間違えると、ブン殴りながら、少しほっとする。美人で出来のいい女房を持ち、いつも頭が上らないでいた男が、やっとひとつ欠点を見つけ、叱言《こごと》を言いながらほっとしているのと似ている。

機械を憎み愛し信用して、「人」としてつきあっているところがある。ただし、新しい機械を創り出すのは、どんな時でも機械を殴らない男たちである。

スグミル種

知人のうちに到来物があった。

箱の大きさ、持ち重りのする具合からウイスキーと判ったので、包み紙のまま縦にして棚にならべて置いた。この人は下戸《げこ》である。大分経って来客があったので、到来物のウイスキーを思い出し開けたところ、いきなりプファッと青い煙が立った。中から出て来たのは「かるかん」であった。鹿児島名産の、やまいもを使った純白の羊羹《ようかん》状の名菓だが、一面青かびに覆《おお》われていたそうだ。

じゃがいもとひとくちに言っているけれど、ホクホクした男爵とネットリしたメイイーンがある。牛だって、牛乳専門のホルスタイン種《しゅ》と食肉用のショートホーン種がいる。

人間も、スグミル種とミナイ種に分かれるのではないか。

私は、人さまから何か頂戴《ちょうだい》した時、すぐに見る人間である。中身がウイスキーと判っていても、やはりこの手で包み紙を破り、自分の目で改めないと落着かない。品名のところにジョニ赤と書いてあっても、ジョニ黒ということもある。

私のこの癖は父の血である。

父は何事にも性急《せっかち》な人だったが、到来物をすぐに見たがることは子供なみであった。サラリーマンであったが、どうにか人の上に立つ役職にいたので、盆暮には毎日かなりの数のお中元やお歳暮が届いた。

夕方になって父が帰ってくる。癇癪《かんしゃく》もちらしく、喰いつきそうな音で、玄関のベルが鳴る。母が転がるように飛んでゆく。居合せた子供たちも一足遅れて上りがまちに並び、

「お帰りなさい」

と合唱する。

父は、片手で下駄箱に摑《つか》まり、片足の靴の踵《かかと》にもう片方の踵をこすりつけ、せわしなく靴を脱ぎ捨てようとする。ところが、靴は紐のある型で、それも癇性《かんしょう》にきっちり結ぶものだから、そう簡単には脱げはしない。

このあたりで、もう父のこめかみには青筋が立っている。早く茶の間へ行って、積ん

である届け物を見たいのである。

見かねた母が、地だん駄を踏んでいる父の靴に手を副《そ》えて脱がせながら、

「今日は七個来ました」

と報告する。父は「フーン」と、さも面倒くさそうに、そんなこと、いちいち俺に報告することはないよ、という風に唸《うな》るのだが、唸りながら靴をうしろに蹴り飛ばして体はせかせかと茶の間へ入ってゆく。

茶の間の一隅に積んであるのに目をくれながら、

「生物《なまもの》が入ってるんじゃないのか。こんなあったかいところへ置いたら傷《いた》むだろう。早く開けなさい。邦子、なにぼんやりしている！」

母や子供たちを叱咤《しった》して開けさせ、自分はネクタイをゆるめながらつきっきりで見ているのである。ところが母は父とは反対で、何も夕飯前のあわただしい時に、茶の間で一斉《いっせい》に開けなくてもいいじゃないかと思うらしい。

子供の手であわてて開け包み紙を破くと、あとで蒸し返しが利《き》かなくなるというおもんぱかりも働くとみえて、紐をほどく手もどうしてものろのろする。父は、それが癇にさわるらしい。

「鋏《はさみ》はないのか。毎年のことなんだから、鋏ぐらい茶の間に置いとけ」

もうどなっているのである。

来客に手土産を戴いた場合、その場でさらりと包みを開けさせてもらうと、あとは気が落着くのだが、気の張る相手だったり、一瞬ひるんで言いそびれてしまうとあとはなかなかキッカケがむつかしい。

そうなると、もう中が気になって、相手の話など全く身が入らない。しまいには、見たくて見たくて、早くこの人帰らないかな、と思ったりするのだから、我ながら浅間《あさま》しい。

やっと客がおみこしを上げる。決してお引き止めなどせずお見送りして、脱兎《だっと》のごとく客間に取って返し、包みをあけ、

「なんだ、ケーキか」

ちょっと落胆しながら、パクリとやったところで玄関のチャイムが鳴る。集金かな、とケーキを頬張りながらドアを開けると、さっきの客が立っている。

「実はライターを忘れたもので」

こちらは口いっぱいのケーキと恥しさで、目を白黒させて棒立ちとなり、その客に背中を叩《たた》いていただく始末である。

友人にこのはなしをしたところ、私にも覚えがあるわ、と思い出し笑いをしたのがいた。

私と同じで、スグミル種の彼女は、客を追い立てるようにして帰し、素早く貰った包みをあけたところ、ブラウスが出て来た。早速《さっそく》、着てみたところで、やはりベルが鳴り、その客が、マンションの下まで行ったが傘を忘れたことに気がつきましたと戻ってきた。わずか二、三分の間に、自分の持っていったブラウスに着がえているのを見て、ひどくびっくりしていたそうだ。

すぐ見たい病いも自分のうちでならまだいい。気がもめるのはパーティなどで引出物を頂いた帰りである。

帰りがひとりの場合は、会場から乗ったタクシーが走り出した途端に包み紙を破って中を見てしまうのだが、「一軒廻ってゆきませんか」ということになると、お預けである。

たまにはそういうつきあいもしたいし、引出物も気になるしで、心は千々《ちぢ》に乱れてしまう。

先だって、ある名門の外国映画輸入配給会社の創立何十周年かの記念パーティがあった。

会場は帝国ホテル孔雀の間である。

おなじみのスターたちの顔もみえ、なかなか豪華な会であったが、ようやく宴も終り、それぞれ記念の引出物を頂いてお開きとなった。

下りのエスカレーターで、同じ包みを手にした正装の客たちが次々と降りてゆく。その中で、降りながらいきなりベリベリッと包み紙を破いた人がおいでになった。社会的な視野の広さと鋭い論陣で鳴る映画評論家である。中からは電卓があらわれた。

中二階へおりる交差したエスカレーターの客の中から、溜息ともどよめきともつかない嘆声が洩れた。自分たちのいま一番したいことを代りに実行してくれた人の勇気を讃える声でもあり、人間はみな同じなのだなあという安堵《あんど》の声のようでもあった。

隠し場所

東京の盛り場を歩いていると、修学旅行のバスを見かけることがある。

制服姿の高校生の男の子女の子の健康そうな顔が窓に鈴生《すずな》りに並んで、すこし口を開けて外を見ていることもあるが、中には、一服盛られたんじゃないかと心配になるくらい、全員ぐっすりと眠りこけていることもある。

団体旅行の客は、居眠りする時も団体でまとまってするらしい。七年ほど前にラスベガスから南米のペルーに飛んだ時乗り合せた日本人の団体客も、もたれ合い折り重なって眠っていた。

長い間、野良で力仕事をして来た手らしく、ひしゃげた爪の間に黒いものが染みついている初老の男もいたし、ねずみ色のレースのスーツの、陽灼《や》けした主婦の首筋もあった。

「どちらまでおいでですか」

と聞くと、

「そういうことは幹事に聞いてくれ」

と言う。ブエノス・アイレスまでゆくのかサンパウロか、何べん聞いても覚えられないという。

「いま下にアンデス山脈が見えますよ」

と誘ったが、山なんか別に珍しくもないといった顔で、また折り重なって眠ってしまった。

彼らは眠いのだ。特に女は昏々《こんこん》と眠っていた。

彼女たちは旅に出る前に、全精力の半分は使い果してしまうのであろう。

万々一、飛行機が落っこちた場合にも赤っ恥を掻《か》かぬよう、嫁に何処《どこ》を見られてもいいように、片づけものやぼろとじくり、洗濯をしなくてはならない。パーマも掛けなくてはいけないし、お守りももらってこなくてはならない。お餞別《せんべつ》をもらったうちへ挨拶にゆかなくては、あとが面倒である。

そしてもうひとつ、一番の大仕事は隠し場所を考えること。隠すのは勿論《もちろん》へそくりである。

ハツ枝は裏庭を掘っていた。

裏庭といったところで、三坪かそこらの猫の額なのだが、とにかく隅に穴を掘り、ビニール袋に入れた貯金通帳とハンコを隠してゆかなくてはならなかった。

組合の旅行でハワイへゆくことになり、ちょうど還暦とぶつかったことから、伜《せがれ》が費用を半分出してくれた。女手ひとつで子供を大きくしたのだから、どこへゆこうと別に気兼ねはないのだが、問題はへそくりであった。

「惜しいからかくなすンじゃないんだよ。伜や嫁の気がゆるむといけねと思って」

孫の小さなシャベルで掘り始めたのだが、建売だったせいか、その土の固いこと。出てくるのは石炭ガラばかりである。

そのうちに隣りの猫が出て来て、並んで穴を掘り始めた。どうやら、猫のフンシの場でもあるらしい。これでは埋めてもすぐに掘り出されるなと思って諦め、へそくりは腹巻に縫い込んで、「ハワイへ行って汗疹《あせも》を作ろう」になってしまった。困ったのは、飛行機に乗る頃から腰というか脇腹が痛くなったことで、どうも穴掘りが祟《たた》ったらしい。ハツ枝は大判のトクホンを腰に貼り、ワイキキ・ビーチも、アロハ・オエも、もうどっちでもよく、一日も早くうちへ帰って、しゃがんでお風呂に入りたいとそれだけを考えて帰って来たそうである。

それからこっち、団体の旅行客、特に中年以上の女の、くたびれ眠るさまを拝見すると、ああ、この人も、苦労して隠し場所を考え、掘ったか掘らないか知らないが、いずれにしても全知全能を奮《ふる》って考え出し、実行なすって来たんだな、さぞやお疲れでしょうと同情に耐えない気持になってしまうのである。

私は幸か不幸かひとり暮しなので、どこへ何日出かけようが、物を隠す苦労はない。万々一、隠さねばならぬと仮定しても、私は、一番大切なことをふっと忘れる抜け作だから、帰った時に、自分で隠した場所が判らなくなる。これでは元も子もないから、せいぜいいつもより念入りに猫にブラシを掛けてやって出掛けるくらいが関の山である。

ただし、自分の為に隠したことはないが、ひとからの預り物を隠したことはある。

年若の女友達から、一晩だけダイヤを預って欲しいと頼まれたのである。彼女は、ある大タレントの附き人であった。ロケで地方へ出掛けるのだが、自分のアパートにはよく管理人のおばさんが合鍵で入っては掃除をしてくれるので、具合が悪いという。家庭の事情もいろいろあることだから承知をしたのだが、まだ指環に作っていない一カラットほどのダイヤの粒を預り、抽斗《ひきだし》へ仕舞ってベッドに入ったところ、眠れないのである。

もし泥棒が入ったらどうしよう。

私は不眠の苦労を知らない暢気者《のんきもの》だが、この晩ばかりは目が冴《さ》えてどうにも寝つかれない。

仕方がないので起き上り、預りもののダイヤを隠すことにした。

野菜籠の中のキャベツの中に仕舞おうか、それとも食べかけのチーズケーキの真中に、ベリー・ダンスを踊る踊り子のお臍《へそ》のように埋め込んで隠そうか、散々考えたが、隠すという才能がないのであろう、どうにもいい考えが浮かばない。

ウイスキーを飲もうと冷蔵庫から氷を出していて、あ、そうだとひらめくものがあった。製氷皿の氷を全部あけ、新しく水を張った。その中のひとつにダイヤを落し込んだ。

これなら大丈夫である。

これも聞いたはなしだが、泥棒は押し入って、金を出せ、と言う時、必ずその家の人間の視線を追うことにしているという。人間というのは正直なもので、必ずへそくりの隠し場所に、一瞬目が泳ぐものだという。何があっても、冷蔵庫の方は絶対に見ないようにしなくてはと自分に言い聞かせながら、ウイスキーが利《き》いたのか、安心してあとはひと眠りであった。

次の日、ダイヤを受取りに来た友人に、ダイヤ入りの氷で、オン・ザ・ロックをご馳走した。ダイヤは、グラスの中でひときわあやしく輝き、友人は、これが本当のダイヤ氷よねえと感嘆してお代りをしていた。

この三月ほどあとに、ダイヤは結局、盗難だか紛失だかよく判らないが、友人の手許から忽然《こつぜん》と消え失せてしまったのである。私は、短い期間預って面倒を見た子供に死なれたような、妙に寂しい気落ちしたものを味わった。

いずれにしても、物を隠すというのは、ひどくくたびれるものである。

隣りの責任

角はたしか炭屋だった。

今時分誰が使うのか、豆炭やたどんがならんでいたことがあった。その左隣りがパッとしない喫茶店で、その隣りがコロッケ屋。そして魚屋で細い露地になっていた。

いや違う。炭屋、コロッケ屋、喫茶店だったかも知れない。

毎日のように通っていて、ときどきは揚げ立ての匂いに釣られてコロッケを買ったりしていたのに、取りこわしになり、高層ビル建築中の板囲いになってしまうと、さてもとはどんな風だったのか、すぐには思い出せないのだから、人間の記憶などというものはあやふやなものだと思えてくる。

半年ほど「頭上にご注意」やダンプ・カーの出入りがあってやっと板囲いがとれてみると、ピカピカ輝く黒大理石の、勿論《もちろん》貼り合せだろうが、モダンなビルになっていて、炭屋、喫茶店、コロッケ屋が消えていた。

残っているのは魚屋だけで、喫茶店は二階へ移り、三軒分合せたところは豪華な美容院になっていた。日本も随分開けたが、まだ八百屋、魚屋は二階では商売が出来ないらしい。

もともとこの魚屋というのが、あまり綺麗好きとは言えない店で、山積みした生臭い箱が道端《みちばた》まで占領していたり、干物を作る網戸が風で倒れていてもそのままという具合だったが、モダンなビルに入っても一向改まる様子はなく、ごま塩の無精ひげをはやしたおやじさんは煮しめたようなタオルの鉢巻、似た者夫婦でおかみさんもヤッケの上に綿入れのチャンチャンコで出たり入ったりしている。住まいになっている二階の窓からは、赤んべえをしているように、いつも赤い花模様の布団が干してあった。

私がもし、隣りの超豪華美容院のマダムだったら、気が揉めて仕方がないだろうと思う。気が揉めるというより腹が立つだろう。

ガラスと鏡を使ったショーケースに、ヴォーグ誌から切り抜いたような趣味のいいヘア・モードの写真を飾って張り切っても、その鼻の先には、鯵《あじ》の開きが干してあるのである。

美容師たちは、黒いパンタロンにうすいブルーのユニフォームなのに、隣りの夫婦は、タオルの鉢巻にチャンチャンコである。

そうかといって、うちの店のイメージダウンになるから、もっとお洒落《しゃれ》をして下さいというわけにもいかないだろう。高い権利金をはらったのにと、さぞや腹の中は煮えくりかえる思いだろうと同情しながら前を通っている。こういう場合、隣りの責任というのは、どうなるのだろうか。

しもた家でもこういう例がある。

どちらが先に建てたのか知らないが、一軒は建築雑誌のために建てたのではないかと思われるような斬新《ざんしん》なデザインの家で、カーテンから車の色まで統一してある。表札も白プラスチック。余白を残した横書きの書体である。

ところが、そのお隣りときたら、料亭風の数寄屋《すきや》造りにルイ王朝風の応接間がくっつき、ビニールを貼ったのではないかと思うほどテカテカ光った赤玉石。塀は泥棒用心のご存知ガラスのギザギザつき。表札は俎《まないた》に墨痕淋漓《ぼっこんりんり》である。若き日の田中角栄氏のお住まいといった感じである。

この場合、建築雑誌のほうの人たちは、うちの出入りに、少し面白くないものがあるのではないだろうか。

特に設計した人は、地団駄《じだんだ》を踏む思いで、胃をこわしたりするのではないかと、ひとごとながら心配になってくるが、田中角栄邸の人たちにいわせると、隣りに気くたびれするものが建っちまって、落着かないったらないよ、ということになるのかも知れない。

いや、隣りは隣り、うちはうち。金はこっちの方が掛ってンだと全く気にしていないということも考えられる。

地下鉄に坐って、ぼんやりと前の座席を眺めていたら、ちょうど夕方だったことでもあり、銀座方面へ出勤の、バーのマダムといった女性が坐っていた。白っぽい和服にミンクのストールである。

ところが、その両隣りは無惨を極めていて、片方は停年退職後二度目の就職といった感じのくたびれた老セールスマン。片方は地下足袋《じかたび》の労務者であった。

三人は、軽く目を閉じ、同じリズムで揺れていた。ここでは着飾っている方が、どういうわけか不自然に見えた。車内を見廻すと、隣りが隣りにふさわしいといったものはほとんどなく、てんでんばらばらである。そのくせ、少し離れて眺めると、午後四時頃東京を走る地下鉄の客というひとつの眺めになっていた。こんなものかも知れないな、と思って、私も同じリズムで揺れていた。

辞書を引いていて気がついたのだが、隣り同士として考えると、随分面白い組合せでならんでいる。

私が使っているのは、明解国語辞典である。ただし横着者で買い替えようと思いながら、まだ昭和三十五年に出した改訂六十五版というのだが、めくっているとあきないのである。

「恋女房」と「小芋」がならんでいる。

「手文庫」と「出臍《でべそ》」

「左派」と「鯖《さば》」

「恋愛」と「廉価《れんか》」

ラブレターを書いた昔にくらべて、いまは電話一本である。恋もお手軽になって来ている。偶然とはいいながら、寓意になっていたりする。

「ハネムウン」の右隣りは「はねまわる」である。ホテルの前庭で、恥しそうにセルフ・タイマーの写真機で記念撮影をしていた新婚さんの時代とは違ってきている。

だから「結婚」の隣りに「血痕」という字がならんでいるのを見ると、ドキッとしてしまう。

本屋の店頭というのはもっと面白い。

山口瞳「血族」の隣りに瀬戸内晴美「比叡」がしなだれかかっていたりする。井上ひさし「しみじみ日本・乃木大将」が阿刀田高「ナポレオン狂」と隣り合せにならんでいる。

「ミセス」と「マダム」と「ウーマン」がならんでいる。さっきの地下鉄の席ではないが、ミセスという感じのひとと、マダムが隣り合せに坐っている感じがして、おかしくなってくる。

葬儀屋の隣りが洋装店で、この間は純白の花嫁衣裳が飾ってあった。その隣りはガラス屋である。はり灸《きゅう》マッサージがあってたばこ屋である。

隣りは関係ないのだ。全く責任を持つ必要はないのだろう。そう思いながら、このところ、隣り同士の眺めというのに凝っている。

よそ様のお宅を訪問する。応接間に通されたが、身仕度《みじたく》に手間取っているのかあるじはなかなかあらわれない。しびれを切らして待つほどにやっとお出ましになった。椅子を立ちながら、

「お待たせいたしました」

と言ってしまった。

友人の失敗談だが、私も似たようなことをやらかしている。

知人のところでおしゃべりをしているうちに時分どきになり、引きとめられるままに食事をご馳走になった。近所に新しく出来た中華料理店の「中華風幕の内」が傑作だから出前を頼んだというのである。

ところが御自慢の「中華風幕の内」は、容れものだけは物々しいが、おとといのシューマイの隣りに薩摩揚の甘辛煮が干からびたパセリを枕に寝そべっているという代物《しろもの》で、

味の方も傑作とは言い難《がた》かった。

あるじはしきりと恐縮して、

「開店の時はこんなじゃなかったのに。今からこんな心掛けじゃ、一年保《も》たないわよ、あの店は」

と罵《のの》りながら口を動かしている。まさしくそうだと思いながらも、相手がそう出るとこちらは弁護側に廻るのが世の常というもので、

「おいしいわよ。叉焼《チャシュウ》だって自家製じゃないの。厚さだって立派なもんだし」

無理をしていいところを見つけて賞《ほ》め上げ、兎《と》も角《かく》食事を終えた。あるじは容器を下げながら、面目ないという風に頭を下げて、

「どうも」

と言いかけた。私はひとりでに口が動いて、

「お粗末でございました」

と言っていた。

四方八方に精いっぱい目配りして、利口ぶった口を利《き》いていながら、一瞬の気のゆるみか言ってはならないことをポロリと言ってしまうのは、私の悪い癖である。

口やかましい親に育てられたせいであろう、私は子供の時分は聞きわけがよく、こま

っしゃくれた挨拶をした。お茶やお菓子も父が、「頂きなさい」というまでは目もくれないから、父は自慢でよく私を連れ歩いた。

お坐りやお預けを仕込まれた犬みたいなものだが、はじめての子供だから、父も賞められたさによく上役の家にも連れて行った。

父は、そのお宅で私にひとわたり芸を、つまり挨拶やお預けをさせ、

「さすがはお躾《しつけ》のいいお嬢さん」

と賞めそやされて得意になっていたところ、私はかなり大きな声で、こう聞いたそうな。

「お父さん。どしてこのおうちは懸軸《かけじく》がないの?」

直属の上司のお宅で父は赤っ恥を掻《か》き、

「二度と邦子は連れてゆかないぞ」

と母に八つ当りをしていたそうだ。

空襲が烈しくなった頃だったから、昭和も十九年か二十年であろう。

女学校に入ったばかりの私は、暗い茶の間でラジオを聞いていた。今でいえばニュース解説のようなものを男の人がしゃべっていた。まだ民間放送は開局していなかったからNHKである。

戦地で戦っている兵隊さんのことを考えて、食糧の節約にはげむように、というような話が、時折雑音の入る旧式のラジオから流れていたが、

「日本の一年間の米の生産高は」

と具体的に数字を言いはじめた。

あれ、こんなことを言ってもいいのかなと思った瞬間、しゃべっていた人は、

「あッ」

と小さく叫んで絶句した。

「申しわけない。自分は大変な間違いを言ってしまった。今あげた数字は全くカン違いで、実際とは何の関係もないものであります」

というようなことを、しどろもどろになって、しつこいほど繰り返した。

私はこの時のラジオの形を、いまも覚えている。大きな置時計みたいな形で、スピーカーのところが茶色の絹張りになっており、古いせいか布がいたんで、たるんでいた。

あの数字は、多分カン違いではなく、事実であろう。どういう立場の何という人か知らないが、あとでどんなに叱られるだろうと胸がいたんだ。

戦局の切迫は子供にも判っていたし、防諜はやかましく言われていたから、このまま済むとは思われなかった。

このときうちにいたのは、どういうわけか私ひとりである。長いこと忘れていたが、

考えてみれば私のほかにも三十五、六年前に同じ放送を聞き、アッと思った方もかなりいらしたのではないかと思う。

これも此《こ》の頃になって気がついたことだが、あの時ついうっかりして、ポロリと数字を口走ってしまった人は、私と同じ「て」のお人であろう。いま、どこでどうしておいでになるのか、あのあと、どういう目におあいになったか、判ったら嬉しい。気持の隅で、今でも何となく気になっているのである。

此の間の高校野球の、あれは決勝の日であった。仕事をしながら、時々目を上げてテレビを見ていたら、ワッと喚声《かんせい》が上った。池田か箕島《みのしま》かどちらかに点が入ったらしい。手を止めて画面を見ると観客席がうつっていた。地元の人なのだろう、一人の若い男が、抱いていた赤んぼうを頭より高く差し上げて躍り上って叫んでいる。赤んぼうは乳首のついた哺乳瓶《ほにゆうびん》を口にくわえたまま、父親に高く掲げられて泣きもせずにいた。

これも一瞬のことで、画面はすぐグラウンドの選手の方に切りかえられてしまったが、私はおかしくて仕方がなかった。

おっぱいを飲んでいる赤んぼうをほうり上げんばかりに喜ぶ若い父親も愉快だし、乳首をくわえて離しもせずにいる赤んぼうも、この父にしてこの子ありというかしっかりしたものである。

この若い父親も、もしかしたら、血液型は私と同じではないか。ワッとなったりカッとなったりすると、押えが利かない。自分を偽ることが出来ずポロリと本心をさらけ出してしまう。

こういうタイプの人間は、絶対にスパイになれない。女房を離別して山科《やましな》に住み、綺麗どころをからかって腑《ふ》抜《ぬ》け呼ばわりされながら四十六人を率いて主君の仇を討つことも出来ないし、一国の宰相にもなることはないであろう。

だが、時々逢って、他人の悪口を言いながらお酒を飲み、あまり役に立たない相談相手になってもらう友人には、このくらいの人物が私にとってはちょうど頃合いなのである。

桜井の別れ

森繁久彌さんの至芸のひとつに「近眼のパチンコ」というのがある。

強度の近眼の男が、玉を握ってあちこち試してからパチンコ台の前に坐る。大事そうに玉をひとつ入れて弾《はじ》く。玉は左上に大きくバウンドして、あとはガラスにくっつけた男の目と顔と動きだけで、気をもたせたり、そっけなくハズレたりしながら落ちてゆく玉の流れを見せてゆく。

最後のひとつになった玉を床に落してしまい、苦心して拾い上げて、弾こうとするがどうも感じがちがう。ちょっと齧《かじ》ってみるとピーナッツだったりする。くさって投げ捨て、やっと拾い上げた玉を念のため齧ってみてやっと弾くのだがみごとにハズレ。すごすごと店を出てゆくまでを一人芝居でやるのだが、セリフも何もないのに、パチンコをする人間の心理がみごとにデッサンされていた。チンジャラの玉の音から軍艦マーチまで聞えるようであった。

十年前にある料亭の座敷でこれを見た時、あまりのおかしさに涙をこぼして笑い転げながら、無形文化財として残す方法はないのかと本気で同席したプロデューサーと話したのだが、この人のはなしによると、森繁さんにはもうひとつ絶品の芸がある。楠木正成《まさしげ》と正行《まさつら》の「桜井の駅の別れ」を河内弁でやるのだが、あんなおかしいものは見たことがない、というのである。

「正成涙を打ち払い
我子正行呼び寄せて
父は兵庫《ひょうご》に赴《おもむ》かん
彼方《かなた》の浦にて討死《うちじに》せん
いましはここ迄来《まできつ》れども
とくとく帰れ故郷《ふるさと》へ」

「青葉しげれる桜井の」でお馴染《なじ》みの「大楠公《だいなんこう》」だが、落合直文《なおぶみ》作詞だけあって、実に格調高い。しかし正成は、六百年も前の河内国の守護職である。「おんどりゃあ」というほどではないであろうが、河内弁をしゃべって不思議はない。

倅《せがれ》の正行も、恐らく河内生れであろうから、

「父上いかにのたまうも

見捨てまつりてわれ一人
いかで帰らん帰られん」

という具合にはいかなかったであろう。

大楠公小楠公が河内弁で国を憂え、今生《こんじょう》の別れをする場面は、考えただけで笑えてくるが、私がはじめてこの場面を見たのは菊人形であった。

顔だけが凛々《りり》しいツルッとした人形で、菊の冑《かぶと》菊の鎧《よろい》である。子は父の前で両手をつき、ヒタと目を見つめ合い、四角ばって坐っていた。祖母や母は、綺麗だと賞めそやしていたが、私は正直言って美しいとは思えず、薄気味が悪く滑稽《こっけい》な感じがした。

親と子が大真面目に見つめあい手を取り合う芝居を見たりすると、感動するより先にテレ臭さが先に立ち、本当かなあ、と思ってしまう。考えてみると、私は父の目をヒタとみつめて話をしたことは一回もなかったし、母の手を握って涙にむせんだ、という覚えもない。親子別々に暮したこともあったし、空襲で命からがらの思いもしているのだが、そんな時でも、格別感動的なセリフはなかった。

ここにいては焼け死ぬからと、幼い弟と妹をよそへ逃がしたところ、逆に逃がした場所に爆弾が落ち、駄目だったかとオロオロしているところへ帰ってきた。煤《すす》だらけの顔がふたつ、

「ただいまァ」

いつもと同じ挨拶で上ってきた。親も親で、

「なんだ、お前。乾パンみんな食べちゃったのか。馬鹿。腹こわしたらどうするんだ」

といった調子である。落合直文作詞ではなく「おんどりゃあ」の方が近かった。

親戚にも復員軍人がいたが、これも、

「ただいま」

のっそりと玄関に立ち、留守家族の方もキョトンとして、

「あ、サブちゃん、帰ってきた」

「あ、あ」

「やだ。前よか肥ったみたいだねえ」

「いや、むくんでンじゃないのか」

「むくんでンだ」

さすがに母親は割烹着《かっぽうぎ》で目尻を拭いていたそうだが、外国映画でみるような感動の抱擁や号泣はなく、みんなやたらに笑いながら、栄養不良で脚気《かっけ》にかかり、指で押すと押した分だけめりこむ脚を眺めて、お茶を飲んだだけだったという。

この間の敬老の日に、私は別に住んでいる母にバラの花を贈ったが、これはたまたまこの日外国旅行に出掛けていたからこそ出来た芸当なのである。日本にいる時にはこん

な真似をしたら、どんな目に逢うか、数々の経験で判っている。

「気持は嬉しいけどね、お前。バラ一本いくらするの」

「一年に一度じゃないの。お金のこといわないでよ」

「いいわいいわでお金使って。年とって病気になった時に、面倒見てくれるのはお金だよ。それでなくたってお前は子供もないんだし」

「亭主がいないのに子供がいたら、大変でしょ」

「こんな勿体《もったい》ないこと、もうしなさんなよ」

「お母さんみたいなこと言ってたら、日本中の花屋は潰《つぶ》れてしまうわよ」

というような母子喧嘩に発展してしまうのがオチなのである。だから私は、友人の母上や知り合いの老夫婦に花を贈ることはあっても、親に花は届けない。

「行けよ正行故郷《ふるさと》へ
老いたる母の待ちまさん」

お母さん、丈夫で長生きして下さいよ、などというセリフは、桜井のわかれの菊人形じゃあるまいし、他人《ひと》の親には言っても、決して自分の親には言わない。

気恥しくて親も子もモジモジしてしまうだろうし、口のへらない親のことだから、

「ひとの心配する閑に、自分の頭の蠅を追った方がいいよ」

といわれてカッとなるのが落ちである。

そこへゆくと、他人の親は、実に素直に受けて下さる。自分の親には、テレくさくて言えない言葉もスンナリ言える。今、私は年とった人達を大切にしているんだと、こちらを幸せな気分にして下さる。

ところが世の中、よくしたもので、私が他人の親に時々気まぐれでやさしくするように、うちの親にもやさしくして下さる人たちがいるのである。

地震があると、娘は知らんプリだが、そういう人たちから見舞の電話をいただくらしい。中身を聞くと、私が他人の親に言っているセリフと同じだったりするからおかしい。その人たちも、自分の親には言えない、或は生きている時に言えなかった言葉を、罪ほろぼしのつもりで言っているのかも知れない。

撞球《たま》突きを見ていると、じかにその球を突かないで、別の球を突き、その球がはねかえりぶつかって、結局はその球にぶつかっているが、他人の親に孝行の真似ごとをしている自分の姿を見せつけられるようで、おかしくなってくる。

麗子の足

子供の頃は牛蒡《ごぼう》が苦手だった。

人参のように目くじら立てて嫌いと叫ぶほどではなかったが、こんなものどこがおいしいのだろうと思っていた。笹がきにする時の庖丁の使い方が、鉛筆をけずる時とそっくりなので、鉛筆のけずりかすを食べているような気になったのかも知れない。

牛蒡のおいしさが判ったのは、おとなになってからである。ソプラノよりアルトが、日本晴れより薄曇りが、新しい洋服より着崩れたものが、美男より醜男《ぶおとこ》が好きになったのも此《こ》の頃である。

半年ほど前に岸田劉《りゆう》生《せい》展を覗《のぞ》いた。

没後五十年記念とかで、珍しいものもあったが、会場を歩きながら、絵に対する好みも変るものだと気がついた。

若い時分は、劉生でいえば代表的な「麗子」の像が好きだった。ところが、いま一番心をひかれるのは同じ麗子の像でも「麗子住吉詣之立像」なのである。マーガレットと呼ばれた毛糸編みの肩掛けを羽織り、くすんだ朱色の絞りの着物を着た麗子が、三段重ねのアコーディオンのような奇妙な形の提灯を下げている立ち姿である。

若い時分は、この絵の持っている暗さ薄気味の悪さがひとつ好きになれなかったが、いま見るとゾクゾクするほど好《よ》い。

夜は暗く冬は冷たく、神社やお寺のお詣りは、はしゃいでいるようなもののどこか恐ろしい。子供の頃、漠然と感じていたものが、みごとに一枚の絵になっている。更にもうひとつ、素足で立つ幼い麗子の足の、親指と人さし指の間が離れているのに気がついた。下駄をはいて育ったまぎれもない日本人の足なのである。

此の頃の子供は、下駄がはけないという。

黙っていると、足の中指とくすり指の間に鼻緒をはさんではくそうな。言われて子供たちの足を見ていると、なるほど親指と人さし指の間はピタリとくっついて足だけ見れば西洋人である。私たちや祖父母の足はこうではない。足の親指と人さし指の間は、入江になっていた。知り合いの、今年八十になるおたき婆さんがそうで、二本の足の指の間にゴムひもを張れば、パチンコが出来るくらいに離れていた。

この人はもともと酒屋の嫁だったが、戦後、長男が思い切って店を改装してスーパーにしたのが大当りした上に、たまった酒代のカタに押しつけられた土地が値上りして、いまや億万長者である。

最近、戦前に建てた家を取りこわして、鉄筋三階建にした。勿論《もちろん》冷暖房完備である。おばあちゃんも陽当りのいい一室をあてがわれ、何不自由ない暮しと思われたが、どうも元気がない。

ほとんど自分の部屋には居つかずに、スーパーの従業員控室で油を売っている。わけを聞いたところ、ストーブと畳だという。セントラル・ヒーティングは、

「あたった気がしない」

というのである。

「どっち向いて手、出していいか判んない」から、頼りなくていけないそうだ。いろりにしろこたつにしろ、火だこの出来るほど熱いのにあたらなくては、身も心も暖まらないのであろう。

煙も出ない、匂いもしない、炎の色も見えない暖房は、「なんか油断がなんねくて」かえってくたびれるとこぼしていた。

おたき婆さんは、一回だけ靴をはいたことがあった。

十年ほど前に、町内会で旅行に出かけた時、着物では、乗り降りの足さばきが悪いだろうと、息子と嫁がアッパッパと靴を調《ととの》えてくれたのである。マメが出来るといけないというので、一サイズ大きいのを求め、二、三日近所を歩いて足馴《あしな》らしをして出かけたのだが、帰ったら寝込んでしまった。

歯が浮き、肩がバリバリに張ってどうにも我慢が出来なかったという。歩くたびに靴がぬげそうなので、歯を食いしばりエラというかあごのあたりに力を入れてリキんでいたらしい。靴があんなにくたびれるものとは知らなかった、みんな辛抱《しんぼう》がいいねえ、と感心して踵《かかと》の高い私の靴を眺めていた。

私の母も、この頃は時々着馴れない洋服を着て靴をはいたりして、私をドキッとさせているが、七十年のほとんどを和服で通してきた。

夏の、耐えがたい暑さの日だけ簡単服、つまりアッパッパを着用に及ぶことはあっても、足許の方は下駄で間に合せていた。だから、靴をはいたのは、あの晩がはじめてであった。

それは、三月十日の東京大空襲の晩であった。

私たちは目黒の祐天寺の近くに住んでいたが、まわりを火に囲まれてしまった。

乾き切った生垣を火が走りはじめ、私たちは水にぬらした火叩きで叩き、その合い間

にうちの中を見廻った。はじめはいちいち履物《はきもの》をぬいでいたが、

「いいから、土足であがれ！」

父がどなり、私は生れてはじめて、靴のまま畳の上を歩いた。

次の瞬間、焼けるかも知れないと思いながら、どこかに、勿体《もったい》ないというかいけないことをしているという遠慮があり、その反面、日頃やってはいけないことをしているたかぶりもあったように思う。

父は、自分で言っておきながら、やはり社宅である、という気分がぬけないのか、爪先だって歩いていた。

この時、一番勇ましかったのは母である。

一番気に入りの大島の上にモンペをはき、足袋《たび》の上に、これも父の靴の中で一番高価なコードバンの靴をはいていた。つまり焼けてしまったら勿体ないと思ったのであろうが、五尺八寸の大男の父の靴を五尺に足りないチビの母がはいているのだから、これは、どうみてもミッキー・マウスかチャップリンであった。

このチャップリンが、家族の中で誰よりも堂々と、大胆に畳を汚していた。この母の足も、麗子の足と同じように親指と人さし指のひらいている日本人の足なのである。こういう足は、だんだんと少なくなってゆくのだろう。靴の歴史も、もうすぐ三代になる。

洋服を着て、全身や顔の記念撮影をしておくのもいいけれど、せっかく下駄から靴への過渡期に生きている私たちの世代である。家族の素足の写真を撮《うつ》しておくのも面白いのではないだろうか。

パセリ

サンドイッチやかにコロッケの横についているパセリを食べようとすると、

「およしなさい」

ととめる人がいる。

「パセリというのは使い廻しなんだ。誰の皿についたか判らないんだから」

さも汚ないという風に眉をしかめておいでになる。

そういえば、サンドイッチに寄りそうパセリに、ホワイト・ソースがくっついていることがある。その時だけはさすがの私も考えてしまったが、あとは何回目かのおつとめか知らないが、別に親の仇《かたき》が嘗《な》めたわけじゃなし、ビタミンCもあることだからと、茎までいただいて、口中をサッパリさせることにしている。

衛生家というか懐疑派の人は、さざえの壺焼を前にした時も、決して軽々《けいけい》に、殻に口をつけて、たまったお汁《つゆ》をすする、などという真似はなさらない。

「あ、待ちなさい」

ひょっとこの顔で、殻のところへ唇を持っていっている私を手で制して、おもむろに自分の前のさざえの殻から身を取り出して、別の小皿に一列にならべてみせる。

「ほうら。ね。一個の半分も入ってないでしょう。見場《みば》のいい大きなさざえの殻は、底が抜けるまで何度も火の上に乗っけられて、客の前に出されるわけですよ」

鬼の首でも取ったように言われるが、そんなことは常識ですよ。一人前のさざえの壺焼に身をひとつそのまま使ったら、銀杏《ぎんなん》やかまぼこやおつゆが入る余地はないじゃないですか。女ならみんなそのくらい知ってますよ。知ってても黙っているんです。黙ってだまされているんです。その方がおいしく食べられるじゃありませんか、と言い返したいのを我慢して、ひょっとこの唇をもとへもどし、身をつまみ出して食べていると、だんだんと味気なくなってくる。さざえではないが、身も蓋《ふた》もないという気がしてくる。

「いいや私は。誰かのよだれが入っていてもおいしいほうが」

と言いながら、わざと焼けた殻に唇をつけ、アッチッチとしなくてもいいやけどをしたりするのである。

こういう人は、間違ってもバーゲンで一本七百円のネクタイなどしていない。草木染かなんかの、渋くて凝ったものを、わざとはずして、ゆるく結んでいる。

背広も紺などという月並みな色ではない。何のなにがしという、知る人に言えば知っている地方在住の作家に特に頼んで織らせたうぐいす色に七色とんがらしをぶちまけたような手織のホームスパンの替え上衣である。

名刺も、白いはらわたの透いて見える手すきの、端がギザギザになった特別誂《あつら》えで、書体も平明（ヒラミン）だったりする。

封筒も、同じく凝ったものだし、切手も珍しいものを使っておいでのようだが、変型封筒に見合うものを貼ってないらしく、受取ったほうで不足料金を払わなくてはならなかったりする。

結婚式のスピーチなども、決して「おめでとう」だの、幾久《いくひさ》しくお幸せにだのという手垢《てあか》のついた言葉は使わない。

「めでたさも中位《ちゆうくらい》なり今日の宴」

とにかく、ひとひねりひねらないと納まらないのである。

見ていて大変だなあと思えてくる。人と同じ二十円のはがきを使い、そのへんで作ってくれる普通の名刺では駄目なのかしら、と思う。気のせいか、こういう人は、老けが早いような気がする。しわも白髪も人より早く、うしろ姿の怒った肩がさびしく見える。

この人はいつ頃からこうなったのだろう。赤んぼうのときから、変ったオッパイの飲み方をしたのだろうか。人と同じように「ウマウマ」といい、這《は》い這いをしたり、たっちをしたりしなかったのだろうか。

細かいことには無頓着《むとんちゃく》な人がいる。

コーヒー・カップに口紅が残っていても、知っていて知らんプリをしているのか、気がつかないのか、平気で唇をつけている。会議などしていて、みんなで食事を取ることがある。出前持ちが間違えて持ってきたりしても、意地悪くとがめたりせず、勿論《もちろん》、持って帰れの、新しく持ってこいのなどとは絶対に言わず、

「一食ぐらい何食っても死なないよ」

間違えた分を自分のおなかに入れている。

こういうひとは、あまりお洒落《しゃれ》でないことが多い。紺の背広に茶色の靴。時計はセイコー。百円ライターである。結婚式のスピーチなども、まあ月並みだし、趣味もゴルフ、マージャンである。ゴルフだけは嫌だね、と唇の端をゆがめて笑う、パセリを食べるなという男とは正反対である。

直属の上司が引越しをする。

紺の背広の方は、テレたり悪びれたりしないで手伝いにゆく。パセリの方は、わざと

行かないで、次の晩、酔っぱらって手彫りの民芸調の表札を打ちつけに行ったりする。

大分前のことだが、四、五人の男性とあるバーで飲んだことがあった。すぐうしろの席に酒癖のよろしくないかたがおいでになって、何が気に入らなかったのか、いきなり私たちの上にビールをあびせかけたことがあった。

顔をひきつらせ中腰になったのは、パセリのかたであった。

紺の背広のほうは、頭から雫《しずく》をポタポタ垂らしながら、ずっと前から夕立の中を歩いているんだよ、という風に、顔色も変えず、平気な顔でホステスさんと世間ばなしに興じていた。

すぐそのあとで、パセリのかたは、隣りの席に侍《はべ》っていた店のマダムに、やや気の利《き》いた皮肉を言っていたが、同じようにビールを浴びた私には、ボオッとして坐っている人の方が、大きく見えた。

自分にもそういう癖《へき》があるから余計そう思うのかも知れないが、隅っこが気になる人間は、知らず知らずに隅っこの方へ寄ってゆく。ちょっと見には無頓着に見えるようだが、小さいものを見ずに大きいものを見ている人は、気がつくと真中にいることが多いのではないか。

鮪《まぐろ》に生れた人は、ぼんやりしていても鮪なのだ。腐ってもステーキなのである。

刺身のツマや、パセリに生れついた人間は、凝れば凝るほどお皿の隅っこで、なくては物足りないが、それだけではおなかもふさがらずお金も取れない存在として、不平を言い言い、しおたれてゆくのだろう。

笑う兵隊

ひとり暮しなので留守番電話のお世話になることが多いが、外出のたびにいちいち出先を吹き込むのも面倒なので、何本かの応答用テープを吹き込んである。

「近所までお使い」篇や「よんどころない用事」篇にまじって、

「私、ただいま火事を見に出掛けておりますが、すぐに戻りますので」

という「火事見物」篇も持っていた。

過去形で書いたのは、不真面目不謹慎と評判が悪く、自らボツにしたのである。

特別に火事が好きというわけでもないのだが、閉じこもってペンを走らすのが性《しょう》に合わないので、理由をつけて外に出たがっているのであろう。

正直いって、火事もつまらなくなった。

子供の時分見た火事は、焼けた方には申しわけないが、黒い夜空に火の手が上り、どてら姿で飛び出した見物たちの顔まで赤く燃えるようだった。まわりが静かだったせいか、火の粉の弾《はじ》ける音も聞え、八百屋お七ではないが、様子のいい殿方に手でも握られたらフラフラッとなりそうな色気があった。

ところが、今の街なかの火事ときたら、どこが火元やらネオンやら、

「あの辺らしいですよ」

弥次馬の指さす高層ビルの窓のあたりを見上げて首が痛くなるだけである。

それでも性懲《こ》りもなく飛び出すのは、消防自動車と消防夫を見るのが好きなせいである。

つい先だっても小さいのがひとつあり、留守番電話に、

「このアパートの中に居りますので十分で戻ります」

というテープをセットして駆け出したのだが、この時、消防夫が笑っているのを見てしまった。

私の目の前で消防自動車が、ラッシュにぶつかり、サイレンを鳴らしながら立ち往生していたのだが、銀色の宇宙遊泳服のようなのを着て上乗りしている二十七、八の若い消防夫が、何がおかしいのか白い歯を見せていた。

ちぐはぐな気持になった。

火を消した帰りなら、笑おうとふざけようとかまいはしない。だが、大火事か中火事

か知らないが、これから火事場へゆくのである。煙に巻かれて倒れている人もいるかも知れないのに、笑うというのは、どうも納得出来なかった。

私のイメージの消防夫は、紺の刺子《さしこ》の火消しの衣裳で、首のうしろのところに、上手に刺した雑巾《ぞうきん》というか「小ぎん刺繡《ししゅう》」のようなエプロンがついていて、唇をへの字に結んでいてくれなくては困るのである。

いまどき、こんな大時代な火消しのオニイさんは居る筈もないし、どうも、討入りの時の大石内蔵助《くらのすけ》の衣裳とまぜこぜに覚えてしまったようできまりが悪いのだが。

頭から、天水桶の水をかぶって火の中へ飛び込んだ昔と、何で出来ているのか火の中を歩いても燃えない銀色の衣裳とでは、覚悟の方も違ってくるのかも知れない。

しかし、火事場へゆく男に、やはり笑い顔は似合わない気がした。

人殺しやガス爆発がある。

テレビの画面に近所の人がうつって、その時の模様をしゃべっているのを見ることがあるが、三人に一人は笑いながらしゃべっている。

特に女は、二人に一人は、はしゃいでしまう。

「いやだわ。こんな格好してるのに」

という風に、はにかみ、クリップをつけたままの頭を押え、様子を作り、クックッと嬉しそうに笑いながら、隣りの部屋で起きた残酷な事件を、しゃべった主婦もいた。

それでなくても、事件に隣り合せてしまい、気も動転している上に、常日頃ご縁がないと思っているテレビ・カメラに映されるのだから、まるで「欽ドン」に出演するような気になるのかも知れない。

それと、テレビというのは、にこにこしなくてはいけないもの、不機嫌な顔をしてはいけないもの、という考えがしみついてしまったのではないだろうか。

司会者もにこにこしている。

タレントもお愛想笑いをしている。

アナウンサーも料理の先生も、お医者さんも、天気予報官も、みんな微笑んでいるのである。

随分前にアメリカの小説を読んでいたら、勿論《もちろん》、翻訳だが、テレビのことを「愚かな箱」と言っていた。私は必ずしもそうは思わずかなり「利口な箱」だと思っているが、もしかしたら、これは「お笑い箱」かも知れないな、と思ったりしている。

私の書いたホーム・ドラマに水の江滝子さんが出て下さったことがある。

往年の大スター、ターキーの舞台は残念ながら見たことはないのだが、目の前に居る人は、白粉気《おしろいけ》なしの素顔だが、実に美しい顔立ちをしている。

箱根だかどこだか、山の中に引っ込んで、馬に乗るのが一番の楽しみ。昔から面倒くさがりでどこにも出ないのよ、というような世間話を伺ったのだが、特にお葬式にだけは、絶対にゆかないようにしていると言われる。

舞台に立った時、無愛想だったので、

「笑え、とにかく笑え」

ときびしく言われた。そのせいで、今でも人が沢山《たくさん》いるところへゆくと、

「反射的にニカッとしてしまうのよ」

白い歯を見せて、惚《ほ》れ惚《ぼ》れするような爽《さわ》やかな笑顔で大笑いをされた。

戦前の日本人は、今みたいに笑わなかった。

特に男は、先生や父親は笑わなかった。

昔の武士は「男は年に片頬」。一年に片頬でフンと笑えば沢山だといったそうだが、それほどではないにしろ、大の男が、理由もないのに笑えるかというところがあった。

お巡りさんも笑わなかったし、兵隊さんも笑わなかった。

小学生の頃、鹿児島に住んでいたのだが、港に軍艦が入港し、海軍さんが何人かずつ割り当てになってうちに泊ったことがあった。酒を出したりして、父も母もてなしていたが、客間からはほとんど笑い声は聞えなかった。慰問袋のご縁で礼にみえた陸軍の

兵隊さんも、やはり固い表情で玄関で挙手の礼をしただけで、笑顔は見せずに帰っていった。

戦争に負けて、ＧＩが入ってきた時、私が一番びっくりしたのは、チビや大男やデブもいるのに、一人一人、まるで仮縫でもしたように体にピッタリ合った制服と、ガムを嚙《か》み嚙み仕事をしていること、そして、よく笑うことであった。

私にとって、戦争が終ったということと、民主主義は、男が笑う、兵隊が笑うということなのかも知れない。なんのかんのいっても、平和なのである。だから、火事場へ急ぐ消防夫は笑っていたのだろう。それとも、ああいう顔立ちだったのかしら。

女子運動用黒布襞入裁着袴

うちのお隣りさんは、アメリカ人である。

物静かな中年の夫婦で、おまけに共働きである。これは私のような居職《いじょく》の人間には誠に好都合なことだと思っていた。

同じエレベーターを利用するアパート住いだが、外人なら井戸端会議のおつきあいをしなくてすむし、昼間は留守だから、静かに仕事が出来る。万一、夫婦げんかが聞えても、早口の英語は、私にとっては音楽も同じだから、耳をそばだてても無駄である。気が散らなくていい。

そう思っていたのだが、三年四年とたつうちに、会釈《えしやく》をするようになり、朝晩、時候の挨拶をするようになってしまった。夫婦とも日本語は駄目らしいので、英語である。

夜、地震がある。

大きいなと思うと、ドアを半開きにすることにしている。スチールの扉だから万一の時、開かなくなって閉じこめられ蒸し焼は有難くないからだが、お隣りの奥さんも、ご主人の帰りがまだなのであろう、一人で、体で同じように半開きのドアを支えながら、蒼ざめた顔で、

「オー・マイ・ゴッド。オー・マイ・ゴッド」

と呟《つぶや》いていた。

「横揺れだからすぐ納まりますよ」

と言って上げたいのだが、こういう複雑なものになると、すぐには出てこないから、せいぜいこの気持を目にこめて、相手の青い目を見つめて上げるのが、せいいっぱいであった。この次の地震の時までに考えて置こうと思いながら、まだ英作文は出来ていない。

こんな風に、この二年ほど気を遣っていたのだが、つい先だって、私のところに週一日だけ掃除に来てくれる「おばさん」が、玄関のところで誰かと話をしている。その相手は何と、隣りのご主人で、結構流暢《りゅうちょう》な日本語で、

「オバサン、寒イネエ」

と言っているのである。私はこの二年、何をしていたのだろう。

英語では、数え切れぬほど口惜しい思いをしているが、考えてみると、スタートがよ

ろしくなかった。

旧制女学校へ入り、リーダーを二冊上げたところで真珠湾になってしまった。敵性語を習うことなど以《もっ》ての外《ほか》というので、英語の授業は中止である。習うだけでなく使うことも禁じられてしまった。レコードを音盤といい、ストライクを「よし」と言わされたあの時代である。

「じゃブルマーは何と言うのかしら」

みんなで知恵をしぼり、

「女子運動用黒布襞入裁着袴《ひだいりたつつけばかま》」

と言って憂《う》さをはらしたりしたが、やがて、女子運動用黒布襞入裁着袴を用いて優雅に体操どころではなくなってきた。セーラー服は国民服になり、スカートはモンペになって工場動員されてしまったのである。

クラスの中でただひとり、海軍大将令嬢がいたが、彼女だけはこっそり英語のリーダーを持って勉強していた。

「日本は勝味がないとパパは言っている。そのうちにきっと英語の時代がくるわよ」

と言うのだが、馴《な》れない旋盤で指を失った級友もいるのにと、軍国少女だった私は、同調する気持になれなかった。彼女の予言は当り、戦争が終った時、私はビューティフルという単語の綴《つづ》りが書けなかった。

学校を出て就職した先は、映画雑誌の編集部だったが、ここでも英語とは折り合いが悪かった。ある映画会社の宣伝部から電話がかかり、カーク・ダグラス主演の新作が入ったので、予告として載せて欲しいという。題名は「悪党部落」だというのでその通り大きな活字でのせたところ、「アクト・オブ・ラブ」（愛の行動）の間違いであった。平謝りに謝ったが、カーク・ダグラスの顔を考えれば無理はないと、これは皆さん寛大であった。

十年近くつとめて会社を止《や》め、フリーのライターになった頃、外国旅行をするにしても、これでは余りにひどいと考えて、会話の学校に通ったことがある。

月謝の一番高い学校へゆけ。人間、欲がからめばその分真剣になって覚えるものだと人に言われ、貯金をおろして、外人教師と一対一で習う名門校を選んだ。

授業は一レッスン四十五分だが、ひとことも日本語を使うことを許さない。一分遅刻しても、その言いわけを英語で述べなくてはならない。私はこの時習った「トラフィック・ジャム」（道路混雑）という言い方を今も覚えている。このレッスンで私は、

「あなたのしゃべり方は、ウィリアム・シェークスピアと同じです。誰に習いましたか」

と先生に笑われた。旧制女学校の英会話は恐ろしく古めかしかったらしい。

一日二レッスンの授業でぐったりして、もう英語はワンと言うのも嫌という気持になり、学校のすぐ前のレストランに入り、せめて和定食でも食べようとカウンターに坐って吐息をついていると、肩をたたく男性がいる。

これがさっきまで私をギュウという目にあわせていたイギリス人の先生である。どうやら、高い月謝を気の毒に思ったらしく、それこそランチ・タイム・サービスで雑談をしながら英語を教えてあげようという親切心らしい。

彼もつき合いにとろろをすすりながら、

「いま、『アフター・バンケット』と『マキオカ・シスターズ』を読んでいます」

などと英語で言う。

「宴のあと」はすぐ判ったが、あとの方はさっぱり判らなかったが、どうやら「細雪《ささめゆき》」らしい。レッスンも恐ろしいが、この好意のランチ・タイム・サービスが重荷となり、結局半年ほどで止めてしまった。だから、相変らず英会話は駄目である。

この秋の叙勲で、清水俊二氏が勲四等旭日小綬章をお受けになった。

映画評論家であり、チャンドラーなどの名訳も沢山ある方だが、外国映画の字幕の権威でもいらっしゃる。昭和六年からおよそ半世紀、数にすると二千本になるという。

「シェーン」や「アパートの鍵貸します」など映画好きで、清水氏の字幕を見ていない人はないと思うのだが、私はおつき合いをいただいてかれこれ二十五年になるのだが、清水氏が日常会話の中で英語をしゃべられたのを、ただの一度も聞いたことがないのである。日本語に訳せるものは、実に美しい簡潔な日本語で言われるのである。この方が口にされる英語は、テレビとラジオ、この二つではないかと思うほどである。本当の英語の達人というのはこういう人に違いない。

次の場面

カッとなった主人公が、花瓶やカットグラスを床に叩きつける。

外国映画でよく見かける眺めだが、私はこういう場面を見ると、心配でたまらなくなる。このあと、どうするのだろう。

使用人がいればいいが、私のようなひとり暮しだと、叩きつけてこわすのも自分なら、あとで床に這《は》いずって片づけるのも自分なのである。ガラスの破片はあぶないので、新聞紙を水につけ、ふやけたのを千切って床に撒《ま》き、丁寧に取りのぞかなくてはいけない。それでも、あとになって、椅子のうしろの取り残した破片で湯上りの裸足の足の裏をチクリとやってしまい、赤チン、絆創膏《ばんそうこう》と大騒ぎをしたあげく、二、三日はお風呂に入るときも片足を上げて——という、格好の悪いことになるのではないか。

こういう心配をするのは、私に苦い経験があるからである。

ミキサーが出廻りはじめた初期の頃、にんじん、セロリ、りんごなどを切り込んでスイッチを入れたところ、下の電動部分に上のガラス器が完全に差し込まれてなかったらしく、物凄《ものすご》い勢いで廻転をはじめたそれが、突然ぐらりと浮き上ってかしぎ、アッという間もあらばこそ、中身を噴出しながら廻り出した。

茶の間にいたのは母と私だったが、私はとっさに「危い！」と母に声をかけ、スイッチに飛びついて電源を切った。

だが、時すでに遅し。母も私も、顔中ににんじん、セロリ、りんごを粉砕したものが叩きつけられたようにベッチャリとくっついていた。落着いて見廻すと、顔だけではなかった。ミキサーの高さに、障子、茶簞笥《ちゃだんす》のあたりまで、部屋の四隅に、にんじん色の帯がついてしまった。とりわけおかしかったのは、置時計である。ちょうど文字盤のところに、にんじんベチャリが叩きつけられたようにくっつき、この掃除の手間のかかったことといったらなかった。時計までは気が廻らず、あとまわしになったので、その間に、にんじんジュースは乾いてしまい、文字盤のガラスのまわりにこびりつき、爪楊子でせせり出すということになってしまった。

その日の夕方、私は気の張るところへ出掛けるので、顔を洗い、少しは顔でもかまおうかと鏡を見て驚いてしまった。まつ毛の根もとに、朝のにんじんのかすがくっついて固まっている。余程強い力で叩きつけたとみえ、これもなかなか取れなかった。

あの時のおかしさに、何時間もかかった後始末を考えると、私は映画やテレビのかっこいいシーンの、次の場面が心配でたまらなくなるのである。

物をぶつけるシーンに関しては、外国ものの方が断然迫力がある。ぶつけるものが、大きな花瓶でありシャンペングラスで、ぶつけられる床の方も石造りだから派手な音がする。叩きつける役者の目鼻立ちもハッキリしていて、演技もメリハリがある。

ところが、わが国産時代劇の場合は、叩きつけるものが、三方《さんぼう》だったり黒田節に出てくる大盃だったり、せいぜい、こなからとよばれるお預け徳利である。受けとめるのも大理石の床でなく、畳である。襖《ふすま》である。障子である。いまひとつ迫力に欠けるのもやむを得ない。

因《ちな》みにこなからは、小半、二合半と書いて、文字通り二合五勺入りの徳利のことである。一升の半分（なから）の更に半分ということらしい。

現代もののホームドラマでも、よく叩きつけるシーンはお目にかかるが、ウイスキーを買うとついてくるネーム入りのグラスや、プラスチックの皿小鉢では、クリスタルのシャンペングラスにとても太刀うち出来ない。

私も、四、五年前に「寺内貫太郎一家」というテレビ番組の脚本を書いたが、この中で必ず、一家揃《そろ》って大げんかという場面があった。

茶簞笥が倒れる。ガラスが割れるは毎度のことだったが、

「あのあと、ガラスはどうするのですか。うちなんかガラス屋に頼んでも、なかなか来てもらえないで、三日もそのままだったのに、ドラマの中では、夜中にけんかしても次の朝、ちゃんと入ってますね」

と電話を下さるのは必ず主婦であった。やはり女は後始末が気になるのである。そう思って眺めると、物をぶつける、お膳をひっくりかえす、というシーンを書くのは、男の作家の方が多いような気がする。

それともうひとつ、女は、勿体《もったい》なくて物がこわせないということがあるかも知れない。私自身、今までにぶつけたものといえば、パン、週刊誌、雑巾《ぞうきん》ぐらいである。こういうのを「小物の証明」というのであろう。


古い日活の青春映画など見ていると、感激した若者たちが、立ち上り、手をつないで踊り狂ったりフォークダンスをしたりという場面にぶつかることがある。

映画は、大抵、踊る若者。その中で結ばれるであろう恋人たち。大抵、一番出演料の高い男女のスター一名ずつ、と決っているが、その美しい大写しで終るのだが、実際問題とすると、あのあとどういうことになるのだろう。

はじめの十分かそこらはいいとして、やがては興奮も冷め、息も切れてくる。手も足

もくたびれてくる。涙を流し、抱き合い、踊り狂う自分たちの姿にシラけ、バツが悪くなるときがくるのではないだろうか。

裸足になって汚れた足は、何で拭うのか。

どんな形で、感激ダンスを終結させるのか。

そこのところをこそ見たいのだが、そんな場面には滅多《めった》にお目にかかった記憶がない。

何かの事情で逢えなかった親兄弟がめぐり会う。双方走り寄り、ひしと抱き合って感涙にむせぶ。これもよく見かける、といっても映画や舞台でだが、見かける光景である。大抵、この上にエンド・マークが出たり暗転になったりするが、私はこのあとが心配になる。

知り合いのはなしだが、ひしと抱き合ったはずみで、鎖骨《さこつ》にひびが入り、息も出来ないほどの痛みにおそわれたという人がいる。

走り寄った二人がぶつかってしまい、男は眼鏡をおっことし、間の悪いことは重なるもので、その眼鏡を女の方が踏んづけてしまったというはなしを聞いたことがある。

そういえば、昔の名画「モロッコ」の有名なラストシーン、ディートリッヒが、ハイヒールを脱ぎ捨て、クーパー扮する外人部隊の兵士を追って砂漠を歩き出すシーンを見て、

「あの先、どうなるの」

と気を揉《も》んでいた友達がいる。

酒場の歌い女《め》が、はだしで砂漠を何キロ歩けるか。理屈といわれればそれまでだが、名画に酔いながら、女は気持のどこかで次の場面の心配をしているのである。

自信と地震

若いのに、めきめきと頭角をあらわして、その社会でエースと呼ばれるようになった男に、取材の人がたずねた。

「いま一番恐いものは何ですか」

「ジシンです」

エースは謙虚に答えた。

取材の人は感心した。

「やっぱり恐いですか」

「恐いですよ。人間、潰《つぶ》すのは、ジシンじゃないですか」

「天災は忘れた頃にやってくる」

「いやあ、ぼくはそれほどじゃないですよ」

「え？」

「え？」

ここまで来て、二人は違ったはなしをしていることに気がついたそうな。

エースは自信を恐れ、聞き手は地震と取り違えて、そのまま話が進行したのである。

エースは天災を天才と聞き、もひとつ謙遜《けんそん》して、頭を掻《か》いてみせたのだった。


ほかに取り柄はないのだが、私は夜更《よふ》かしにだけは自信があった。一晩やそこらの徹夜は平気である。顔にも出ないし、寝過ぎた時よりもかえって体も軽いように思える。テレビの脚本も、朝のうち書いたシーンより、夜書いた分のほうが、セリフも弾んでいると自画自讃していた。低血圧なので、夜のほうが多少血のめぐりがよくなるのかも知れない。

去年の、あれは春頃だったか、夜明かしで脚本を一本書き上げ、お使いのかたに渡してから、いつものように万歳を三唱してお風呂のお湯を出し、手洗いに入った。他人様《ひとさま》からみると随分おかしな順番だが、こうして湯上りに祝盃と称してビールの小びんの栓を抜いていると、朝刊がくるのである。


ところが、この朝は用を足して出ようとしたら、目が廻った。何ということだろう。一晩ぐらいの徹夜で、しかも小用を足したくらいで目を廻しているのである。

「もう我は駄目だと思ふ時もある」

尊敬する中川一政先生は、虎の絵のそばにこう書いて下さったが、これはそのままその時の私の気持であった。

目が廻るだけではない。足許まで揺れている。

自信喪失とはこのことであろう。

それにしても、しつこい目まいだな、というところで気がついた。様子がおかしいのである。

地震であった。

私は自信を取りもどし、もう少し、やれるぞ、と嬉しくなった。

中川先生も、つづけてこう書いておられる。

「やつてゆかうといふ時もある」

何年前になるだろう。日生劇場で、「越路吹雪ショー」を聴いたことがある。

クリスマスが近い年の暮ではなかったかと思う。

プログラムは半分ほどすすみ、舞台は暗くなった。赤い大きなストールを羽織った越路さんは、ステージ正面の階段の上に立ち、男声合唱団をしたがえて、反戦歌のようなシャンソンを歌った。

空襲を思わせる炎、サーチライトのような照明が舞台ホリゾントに点滅し、爆弾の落ちるような効果音も入る。物凄《ものすご》い迫力である。

そのうちに、客席が揺れ出した。舞台が揺れ、ホリゾントが揺れている。さすがは浅利慶太の演出である。ますますもって凄い迫力。それにしてもどうしてこの広い日生劇場の客席を揺らすことが出来るのだろう。いや、爆弾が落ちた時のように揺れていると錯覚させることが出来るのだろう。

溜息をつきながら、おかしいぞと思った。少しはなしがうま過ぎる。

地震であった。

女客がほとんどの客席から、かすかなクスクス笑いがおこった。こわさをさとられまいというか、裏がえしの女特有の笑いもまじっていたが、みんな、だまされていた自分がおかしくて笑ったのではないかと思う。

舞台の越路さんは、さすがにみごとなもので、動ずることなく立ち、歌い通された。

このあとの拍手はひときわ高いものがあったが、場内が明るくなったとたん、人々は通路に殺到した。逃げるためではない、留守番をさせている子供たちへ、電話をするためにママはロビーの公衆電話に殺到したのであった。

関東大震災は、両親も体験しているし、聞く機会も多いが、一番生き生きと語って下さったのは、伴淳三郎さんであった。

伴さんは、当時、山形から上京して、染物屋の下絵描き（だったと思うが、もし間違っていたらごめんなさい）として、親方のうちで住み込みで働いていた。

グラグラッときた時、伴さんは二階にいた。這《は》うようにして、梯子段《はしご》のところまで来て、下へ降りようとしたのだが、梯子段は、メリメリと音を立てながら、まわりの羽目板からはがれてゆく。真中の段々のところが、大きくうねり、両横から突き出た五寸釘が、

「まるで鬼の歯みたいに見えたですよ。鬼の歯……」

あの目、あの口で、ニコリともせず話す、このあたりの伴さんの話術は絶妙である。

志ん生の落語のマクラだったか、

「おっかなくて臭くてうまいものは」

というのがある。

「鬼が便所で豆を食ってる」

というのだが、伴さんのこの描写は、こわくてうまいはなしである。伴さんのお父上は、絵描きでいらしたそうだ。伴さんもなかなかみごとな絵を描かれるが、血は争われぬとみえて、すこぶる視覚的な、伴さんの「関東大震災の図」である。

大地震は必ずくるという。

くるくると騒いでいる間は、絶対に来ないという。

どちらにしても、私は、計画性ゼロの人間だから、カンヅメも水筒も何も用意していない。大分前に、母が非常用の水筒と乾パンをくれたのだが、水筒は一月ほど台所の目に立つところへブラ下げておいたのだが、そのうちに飽きてしまい、やがてどこかへもぐり込んでしまった。

乾パンは、三十五年前をしのんで食べてしまったので、いま地震の用意というのは、何もしていない。

ただひとつ。いつかテレビで、品のいい初老の婦人がはなしておられたのが心に残って、これだけは真似をさせていただいていることがある。その人はこう言われた。

「お風呂から出たら、愚図愚図《ぐずぐず》しないですぐ着物を着るようにしています。地震はいつあるか判りませんから」

目をつぶる

タクシーに乗り込んで、たまたま自分のうちに帰るところだったので、手早く道順を告げると、初老の運転手は、「はい」と「へい」の間の音で返事をしてから、こう言った。

「お客さん、車、運転してるね」

運転をする人間としない人間では、道順の教え方が違うというのである。

せっかくだが違っている。

二十年ほど前に教習所に通い、もう一息で仮免というところまで行ったのだが、知人が車の事故で気の毒な亡くなりかたをした。酒をやめるか車をやめるか、と考え、アルコールを残した。来客のための駐車場は持っているが、車は持っていないのである。

運転はしない、出来ない、と言うと、その運転手は急に機嫌がよくなった。

「そのほうがいいよ。わたしはこんな商売してるけど、女房や娘にゃ絶対に車の運転だけはさせないね」

と言う。

翔《と》んでる女、という言い方は嫌いだが、仕事をしている女として、飛ぶことは無理でもせめて車の運転ぐらい出来なくては、と、かねがねこのことでは劣等感を持っていたので、この言いかたは意外だった。

「目つきがきつくなるんだよ。運転は目配りだからね。いまに日本中の女が、みんな巾《きん》着切《ちやくき》りみたいな目つきになると思うと、いやンなるね」

私のように運転をしなくても巾着切りみたいな目をしたのもいるが、別に異をとなえる筋でもないから、黙ってつづきを拝聴した。

「それと、女は、もともと運転にゃ向かない『造《つく》り』になってンだよ。ガシャンと来た時、女はアッといって、目、つぶるだろ」

男は何があっても絶対に目をつぶらない。だから咄嗟《とつさ》の判断で事故を最小限度に食いとめることが出来るというのである。

なるほど、と私は感心した。

運転手は、ちらりとうしろを振り向くと、

「もっとも、目つぶんない女は、女じゃないけどね」

ははは、とも、へへへともつかぬ小さな笑い声を立てた。

キスをする時、目をつぶる男がいる。当年とって五歳の雄猫《おす》で、「マア」という名の、知人の飼猫である。黒白ブチのすこぶる獰猛《どうもう》な奴で、体中傷だらけ、耳は裂けて、売れ残りのキャベツのようになっている。

大きさもなみの猫の倍近くある。

はじめは猫らしい名前がついていたのだが、来る客みんなが、

「まあ、これでも猫ですか」

というので、自然に「マア」ということになってしまった。

このマアは、飼主には大変な甘ったれで、キスの名手だという。面白いから見ていなさいよ、というので、拝観することにした。

飼主の夫人が、縁側に坐って、

「マア、おいで」

と声をかける。

庭の松の木の根方で爪をといでいたマアがこちらを見る。夫人は、唇を突き出すようにする。マアは仔犬のようにすっとんでくるのだが、

「ほら、目つぶって向ってくるでしょ」

その通りで、ドスンと縁側にとび上ったマアは、両目をしっかりとつぶり、夫人の膝

に手をかけた。

そばで、ゴルフクラブの手入れをしていたご主人が、

「男のくせにだらしのない奴だな、お前は」

と言ったので、私は余計笑ってしまった。


他人さまのラブシーンを覗《のぞ》き見したことがないので、映画やテレビなどの例でいうのだが、たしかに、いまのところは目をつぶる女のほうが多いらしい。

最近は、結婚式のときに感激して泣くのは新郎のほうで、新婦は笑っているそうだから、そのうちに男は目をつぶり、女はカッと目をあけて、男を見るということになるかも知れない。翔ぶ女の次は、「目をあく女」ということになったら、私など完全に時代遅れということになってしまう。

もっとも、私も、目をあくことはあるので、

「一分間黙禱《もくとう》」

という号令がかかると、はじめは殊勝《しゅしょう》に目をつぶるのだが、すぐうす目をあけて、こういう場合、本当にみんな目をつぶるものかしら、と、ひそかにキョロキョロする癖がある。

私のみるところ、百人いると、九十七人は目をつぶっている。あと、私のほかに二人

ほど、目をあいてあたりを窺《うかが》っているのがいて、その連中と目があったりして、泡くってつぶるのである。

私の経験では、こういうとき目をあけているのは大抵、女であった。

男は、「黙禱!」という号令がかかると、大体において目をつぶる。男は号令に忠実な「造り」になっているのかも知れない。

大分前に耳にしたのだが、トビの親方のはなしというのが心に残っている。

東京タワーかなにか、高いところの工事はトビが請負うわけだが、落ちてけがをしたり亡くなった人たちが出る。そのことを親方が話しているのだが、

「生き残るコツは、目をつぶらないということだね。落ちた! と思ったら、パッと目あいて、何でもいいから、つかまるもの探すンだよ。縄一本でもなんでもいい。目あけて、つかまるものめっけた奴は、ケガで済むね」

淡々としたしゃべり方だが、かえって食い込むものがあった。

目をつぶって清水《きよみず》の舞台から飛びおりる、という言い方がある。

一大決心をして何か事を行なうときは、それこそ小さいことには目をつぶって、エイッとばかりやらなくてはならないが、落ちた時、ぶつかった時は、目をつぶったほうが負けのようである。

理屈では判っていながら、これはなかなかむつかしい。

ついこの間も、棚の上のものを取ろうとしてしくじり、箱が落ちてきた。咄嗟《とっさ》に目をあけたのだろう、よけることが出来たのだが、もうひとつ次があって、落ちてきた木箱で頭に小さなコブをつくってしまった。

硬いような、やわらかいようなコブの手ざわりは、酢でしめた海鼠《なまこ》のようで、我ながら気持が悪かった。

蜆

蜆《しじみ》の未来について本気で心配したことがあった。

出版社につとめていた時分で、当時、私はお昼というと、よく近所の天ぷら屋に出掛けていた。

家族だけでやっている小体《こてい》な店構えだが、大根おろしひとつにも親身《しんみ》なものがあり、値段が安いこともあって、編集部の先輩たちと連れ立っては、三日に一度はこの店で天丼や天ぷら定食のお世話になっていた。

ある時、気がついたら、満員の客の前に、蜆の味噌汁のお椀があった。満員といったところで、膝《ひざ》送りで詰めて二十人ほどだが、全員が蜆の椀を手に、チュウチュウと実を吸ったりしているのは、かなりみごとな眺めであった。

急におかしくなった。

私の勤め先は日本橋だったが、サラリーマンに昼食を出す店はこの界隈《かいわい》だけで、何百軒とあるに違いない。酒、たばこを飲む男たちは、蜆は肝臓にいいというので、若布《わかめ》やなめこがあっても、味噌汁は蜆ということが多い。

東京中、いや、日本中で、お昼だけでも、トラック何十台分の蜆が味噌汁の実になっているのではないか。

私がそのことを言うと、編集部切っての物識《し》りと言われているひとが解説をしてくれた。

「蜆は、おそろしく成長が遅くて、こうやって俺たちの口に入るまでに、でかいのだと六十年は経っているんだよ」

六十年。

私の年の三倍近い。

ということは、いま、自分がせせっている小指の爪ほどの小さいのでも、私と同い年ではないのか。

ため息が出てしまった。こんなことをしていたら、いまに日本の蜆は全滅してしまう。それ以来、蜆を食べるときは、これは何歳だろう、私より年上かしらなどと思ったりするので、どうも落着かなかった。

物知らずなはなしだが、私は随分長いこと、この蜆六十年説を信じていたのだが、近年、ふとしたことから、真相を知ることが出来た。

たしかに蜆は成長の遅い貝で、一年に三、四ミリしか大きくならない。ということは、二センチほどの蜆は七歳ということになる。人間の子供なら親に理屈のひとつも言う齢《とし》である。六十年は間違いと判って、少し気が楽になったが、いったん染《し》みついた、お椀いっぱいの六十歳の蜆というイメージは容易に消えなくて、いまも、

「お椀は何にしますか」

といわれると、つい気弱にも、

「若布にして下さい」

と答えたりしている。

蜆の次に心配したのは、割箸である。友人で料亭の女あるじだったひとがいるのだが、ある年、税務署に、客の人数をごまかしているのではないかと追及を受けたというのである。使った割箸の数と合わないではないかと言われたそうだ。友人は気の強い人であったし、潔癖なたちなので、いきり立って反論した。

「うちは、そのへんの一膳めし屋ではありませんよ。お刺身や焼魚の生臭《なまぐさ》を出したあと、茶そばやそうめんの注文があれば、箸を替えています」

その通りであろうが、私はまたまた心配になった。

一億の人間が、全員割箸を使っているわけではないが、一日に二度三度外食の人もい

る。割箸は洗ってもう一度使うということは出来ないから、一日に使い捨てられる量は、考えただけで空恐ろしい。

そんなことを考えながら割箸を割ると、力の入れ具合がよくなかったのか、材質がお粗末なのか、ちゃんと二つに割れず、片方は三分の二あたりのところで折れたりしている。一膳無駄にしてしまったと思い、手勝手の悪さを我慢して、それで済ませたりしていた。

私は人間の出来が小さいのであろう。人類の未来も、地下資源有限論も気にならないことはないのだが、それと同じくらいに割箸の将来についても思いをはせ、時折、不安な気持になってしまう。

見るだけでため息の出るものに人文字がある。

競技場で、坐っている人間が、あれは白や赤の板を持ち、一斉《いっせい》に頭上に上げることで「優勝」や「万歳《ばんざい》」などの文字を描いてみせるのである。

日本でもかなりみごとなのを見かけるが、何といっても物凄《ものすご》いのは中国で、あれは北京の労働者体育場というところだろうか、あッという間に「毛沢東万歳」や五星紅旗になる人文字の鮮かさには、息をのむものがあった。

息をのみながら、私は心配になる。

あの沢山《たくさん》の人の、お弁当とご不浄はどうなっているのだろう。時分どきになったら、どんなお弁当がくばられるのだろう。そのカラはどこにどうして捨てるのだろう。中国の女性は日本人ほどハンドバッグを持っている人はすくないようだから、お弁当も自前ではなく、まとまって支給されるのだろうが、お茶やお水はどうなっているのだろう。そして、一番気にかかるのは、ご不浄なのである。

毛主席や周首相のことを考えたら、そんなものをもよおす筈がないということになっているのではないか。私のように「近い」人間は、さて、その瞬間、パッと板を頭上に持ち上げる瞬間、ご不浄の中でまごまごしていて、そこだけ歯欠けのように欠けてしまい、あとで叱られたりするのではないかと、気を揉《も》んでしまうのである。

おいしいものがあると、早く味わいたいと思うのか生れつき口がいやしいのかあわてて早く食べる癖がある。その結果、いい年をして、子供のようにしゃっくりが出てしまう。

そんなところから、舞台で芝居をしたり歌を歌っている最中に、しゃっくりが出たら、どんなに困るだろう、役者や歌手にならなくてよかったと思っていた。

本職の人たちは大丈夫だろうかと、持ち前の取り越し苦労をしていたところ、都はるみさんとおしゃべりをする機会があった。

好きな飲みものはコーラだという。

「ゲップが出ませんか」

「出ますよ」

大歌手はケロリとした顔でこうつづけた。

「あたし、ゲップ、ごまかしながら歌うの、とてもうまいの」

彼女のうなり節が、ラムネのあぶくのように出るゲップを、プチンプチンとひとつずつ潰《つぶ》してゆくのが見えるようで、それからは都はるみさんがテレビで歌っているのを見るのが楽しみになった。

コロンブス

あわててごはんを食べたせいか、しゃっくりが出た。

人と約束をしていたのでうちをとび出したのだが、しゃっくりはとまらない。顔を仰向け、コップの水をゆっくり口に流しこむ。すぐ飲んでしまわないで我慢をする。のどがひとりでに動いて、ごく少量ずつ水はのどの奥へ落ちてゆく。五回ほど、のどがごくりというと、大抵のしゃっくりはとまってしまう。私流のしゃっくりのとめ方なのだが、歩きながらではどうすることも出来ない。

そうだ。あれを試してみよう。

どこで読んだか忘れてしまったのだが、たしか女のかたの投書かなにかで、しゃっくりのとめ方というのがあった。それは、「うしろへ歩く」ことだった。

うしろへ歩くためには、筋肉は普段と違った運動をしなくてはならない。それが、横隔膜《おうかくまく》の振動をしずめる力があるというのである。筋肉もびっくりするのかも知れない。

ぶつかるといけないので私はうしろを振り返ってから、うしろ向きに歩き出した。

簡単そうにみえるが、これは意外にやりにくい。体育館か運動場でやるのならはなしは別だが、街なかの舗道だとなにかにぶつかりそうで、不安になる。

それよりも、向うから歩いてくる人の顔というか視線のほうが、こたえた。

狐につままれたというか、信じられないという顔をする人もいる。すこしおかしいのではないか、という感じで、人の顔をのぞきこんでゆくかたもいた。当り前である。自動車ならいざ知らず、人間のバックというのは聞いたことがない。

きまりが悪いのとおかしいのとで、ものの十メートルもいったところで足をとめた。しゃっくりはみごとにとまっていた。


たまに大きいことを考えようと上を見ると、いい格好の雲が浮かんでいる。

理想とか夢というのは、こういうものだな、と納得がゆくのだが、あまりにも大き過ぎ離れ過ぎていると、いまひとつ取りとめがなくてピンとこない。私のような小物には雲よりも風船がいい。糸をつけて自分の手で持ち、下から見上げることが出来る。

パチンと破けても、また別の風船を見つければいい。ノイローゼだ自殺だとさわぐこともなく過せる。

そのせいか、大人物の伝記を読んでも、大の部分より小の部分のほうを面白いと思う。

徳川家康といえば、「鳴くまで待とうほととぎす」の、天下を取るまでの深謀遠慮のあれこれより、足にあかぎれが出来ていた、という一行に、脂《あぶら》のうすい乾性の膚《はだ》をした粗食の男というイメージが心に残ってしまう。コロンブスもそうで、アメリカ大陸を発見したはなしより卵を立てたはなしのほうが好きである。

アメリカ大陸発見はたしかに人類の偉業ではあるけれど、コロンブスひとりで見つけたわけではない。船を動かした沢山の船員がいたに違いない。ビタミンC不足から壊血《かいけつ》病《びょう》にかかって死んだ水夫もいたというが、一将功成って万骨枯る。歴史に残るのはコロンブスひとりである。

卵を立ててみせたはなしは、よく出来たつくりばなしかも知れないが、少なくとも人を犠牲にはしていない。それと、暮しのなかの、思いがけない小さな発見ということが、好きなたちなのである。

うしろに歩いてしゃっくりをとめる、というのも、立派なコロンブスの卵であろう。

ぼんやりテレビを見ていたら、見たことのある顔がうつっている。料理番組で、この道何十年という名店や料理人の、味の秘訣《ひけつ》を聞くという趣向らしいのだが、出ているのは、うちの近所のレストラン「津々井」のご主人だった。

この日、彼は助っ人で、主役は彼の主筋にあたる本店のおやじさんである。照焼丼をつくってみせてくれ、こちらの方もいつもおいしくいただいており参考になったのだが、感心したのは、つけ合せのもやしのサラダである。

「津々井」のもやしサラダは、カレー味である。ピリッとしておいしいので、私はうちでためしてみたが、水っぽくなってうまく出来ない。何度やっても黄色く仕上らなかった。仕上らないのも道理で、全くやり方が違っていた。

おやじさんは、沸かしたお湯に、いきなりカレー粉をほうり込んだ。カレー味のついた湯で、もやしをさっと茹《ゆ》でたのである。これに普通のドレッシングをかけるらしい。

私は、普通のお湯で茹で、カレー粉を入れたドレッシングであえていた。だから水っぽくなったのだ。それにしても、お湯にいきなりカレー粉とは。言われてみれば何でもないことだが、はじめに考えついた人は、やはりすばらしい。これもコロンブスの卵であろう。

「こどもの科学」という雑誌がある。

まわりに子供がいないせいか、とても面白く読んでいるが、中でもたのしいのは発明コーナーである。すこし前のことなので記憶で書くのだが、そのときの一等は「金魚の昼寝場所」というのだった。

金魚鉢の中にプラスチック板で、浮きベッドみたいなのをつくってある。水面から三センチほどのところに円型で出来ていた。金魚はここで昼寝をするというわけである。

金魚はいつ眠るのだろう。ベッドもないし立ったまま眠るのだろうかと考えている子供の顔が見えるようで、嬉しくなった。
四、五年前、やはりこの雑誌で、フランスだかスイスの子供が、雨の日の、愛犬のための散歩機をつくった。
りんご箱ぐらいの箱の上に犬をのせると、足許はエンドレスになっていて、ぐるぐる廻り出し、犬はどうしてもかけてしまう仕掛けになっていた。このときも感心したり笑ったりしたが、それからすこしして、人間さまがはしるルーム・ランナーがブームになった。

昔にくらべると随分便利になったが、それでも、もうすこし何とかならないものかという代物《しろもの》はいっぱいある。

早いはなしが、傘である。あの形は、傘張り浪人の昔から全く進歩発展がない。折りたたみだの、ワンタッチだのはあるが、かさばるところは同じである。ポケットやバッグに仕舞えるというわけにはいかない。雨が降らないのに傘を持って歩くのが嫌で、傘は持たない、降ったら駆け出す、ですごして来たが、運動会の駆けっこでは一等賞の女の子も年には勝てない。此《こ》の頃では息切れがするようになった。

どなたか傘について発明発見をしてはいただけないだろうか。暮しの中にまだ新大陸は眠っているのである。

臆病ライオン

私はチビである。

身長百五十五センチといいたいところだが、テレビの脚本を一本書き上げて、夜中に計ったら百五十三センチしかなかった。重労働をすると、背も縮むのだろうか。脳ミソの量に比例するらしく、頭が小さいので、黒いマントにハイヒールなどはいて気取ると大きく見えるらしく、ついこの間、朝日新聞で百六十センチと書いて下さった。私はこの記事を切りぬき、朝日新聞の方へ足を向けて寝ないようにしている。

中肉中背といわれていたが、この十年ばかりで、ぐんと肩身の狭いことになってしまった。街を歩いていても、私より小さいのは、子供とおばあさん位である。

とはいうものの、テレビドラマの打ち合せも、別に西城秀樹や松田優作と、立ったままするわけではないから、さほどひけ目を感じないでやってきた。打ち合せは長時間にわたるので、プロデューサー、ディレクターなどのスタッフは我が家までおはこびくださることが多い。

大男もいれば中男もいるのだが、いつも私はゆったりと落着いた気分で打ち合せが出来た。

ソファに坐って向き合えば、背の高低《たかひく》は問題にならない。細かいことを言うようだが、お茶のいっぱいも振舞い、あれば干柿のひとつもお出しする。振舞われたほうは、カラ茶いっぱいにも、ご馳走さま、とおっしゃる。そういうことも微妙に響くのかも知れない。

主人側に廻るせいか、私は玄関で客を送り出すとき、いつも、相手に対して話ほど大きくないじゃないかと思っていた。

「ぼくはジュリーと同じ背なんですよ」

というディレクターも、格別見上げるほどではないのである。

もしかしたら、サバを読んでいるのかも知れないなとも思った。年と体重を実際より引き算をして言うのは女だけかと思ったら、此《こ》の頃はそうでもないのである。

身長を言ってから、

「靴の踵《かかと》コミです」

と言ったのは、武田鉄矢氏だけである。

ところが、こういう中男たちが、テレビ局で逢うと、みな急に大男になってしまう。

首ふたつも私のほうがチビになる。私は急に威勢が悪くなり、言葉遣いもへりくだったものになる。締切を遅らせてよ、諸物価高騰の折から、原稿料も値上げしてよ、というセリフも胃袋にのみ込んで帰ってくる。

人間の気持というのはおそろしい。立派な建物の中で、コーヒーいっぱい振舞われただけで、私は文字通り小さくなっている。自分のうちだと威張る子供が、よそのうちへゆくといじけて小さくなっているのと同じである。情ないことだと思いながらこの三、四年過していたが、ふと気がついた。

玄関に段があったのである。

相手はいつも三和土《たたき》に立ち、私は十五センチ高いところで話をしていた。玄関で客を迎えるとき、私はいつも百六十八センチになっていたのである。

去年の秋、アフリカのケニヤへ動物を見に出かけたが、現地で映画を撮っておられた羽仁進氏から面白いはなしを伺った。

私たちの泊ったロッジのまわりを、ライオンがのそのそと歩いている。そのすぐそばにマサイ族の連中が暮しているので、心配になり、ライオンと人間の関係についてたずねたのである。

羽仁氏の答はまことに明快であった。

「ライオンが襲う順序は、はっきり決っています。まず子供を襲う。次に老人を襲う。次が女で、男は一番最後です」

マサイの男たちは、みな長身である。平均したら百八十センチを越えるに違いない。贅肉《ぜいにく》のない黒く引き締った軀《からだ》に、赤い布をまとっている。赤い布は、草原の風をはらんで軀を大きくみせる。そして外へ出るときは必ず槍を持っている。

昔はこの槍でライオンを斃《たお》したというが、そばで拝見すると刃先はナマクラである。だが、これも太陽を受けてギラギラと反射すれば、かなりの威力がある。その証拠に、槍を持ったマサイの男は、絶対にライオンに襲われることはないという。そういえば、牛の群の番をしているマサイの少年も、みな棒切れを持っていた。

どうやらライオンは、敵を見るに高さで計るらしい。私など、アフリカの草原を歩いていたら、子供と間違えられ、いの一番にガブリとやられるに違いないのである。

羽仁氏のはなしを伺ったときは、ライオンはなかなか賢いと感心し、また、槍も勘定のうちに入れるとは、やはり利口といっても獣は獣だと思ったのだが、考えてみると、アフリカのライオンはそのまま私自身であった。背の高い相手だと私はいつもの半分の威勢しかなくなっているのである。

知人のうちに犬がいる。

かなり大型で、種類はコーピッツだという。さては新種かと、犬も好きな私は乗り出したが、よく聞いてみたら、コリーがスピッツと浮気をして生れた代物《しろもの》であった。

このコーピッツは、飼主には甘ったれなのだが、客には極めてこわもてである。

「どんなことがあっても、絶対に立ち上らないで頂戴《ちょうだい》よ」

飼主は何度も念を押す。

テーブルの下に、問題のコーピッツ君がねそべり、うす目をあけてこっちを見た。たしかに尻尾と鼻の先がコリーで、残りはスピッツである。笑っては失礼にあたるので、ぐっとこらえて我慢をした。部屋に入るときから、私は腰をおとし、膝ですさってゆくのである。

「苦しゅうない。近《ちこ》う近う」

「ははあ」

膝行《しっこう》である。いざり勝五郎の心境である。

低くうなっていたコーピッツが、うなりをやめ、目を閉じたので、安心して、ご不浄を拝借と、ついうっかり立ち上りかけたら、いきなり目があき、うなり声が威嚇《いかく》していた。同じことをして、いきなり飛びかかられた客もいるという。

犬はライオンと違って、人を食うことはない。おそらく恐いのでうなり飛びかかるのであろう。

山高きが故に尊《たっと》からずというが、やはり山は低いより高い方がいい。このコーピッツも私と同じ、臆病なライオンなのであろう。

鍵

出掛けようとしたら鍵がない。

テレビの台本を書くときに着用する勝負服と称する労働着を脱ぎ捨て、一張羅《いっちょうら》のスーツに着替え、顔にも白い粉などパタパタとはたいて、いざ出陣、という段になって、ドアの鍵が見当らないのである。

重要文化財や現金があるわけではなし、あけっぱなしにして出掛けても、別段どうということはないのだろうが、万々一、空巣がお入りになり、私が帰る前に退散していて下されば、まだいいが、もしも鉢合せということになると、私は女としては人相がよろしくないほうだから、空巣はびっくりして、正当防衛とばかり手荒な真似をしかねない。タンコブひとつ作っても馬鹿馬鹿しいから、これはやはり鍵を探さなくては出られない。

私は、打ち合せの席へ電話をかけた。

いい年をして鍵がなくて出られませんとも言えないので、そのへんは上手に取りつくろい、さて鍵を探しにかかったのだが、そうなると、親ゆずりののぼせ性で、カッとなって、もうどこに仕舞ったか判らなくなってしまう。

アパートの鍵は、ふたつ持っていたが、整理整頓のよろしくないほうなので、ひとつはとうにどこかへもぐり込み、手許にはひとつしかなかったのである。

あっちの抽斗《ひきだし》、こっちのバッグと大汗かいて探し廻っているうちに、ふと気がついた。万一の用心に予備の鍵を妹と友人のS女史に預ってもらっていた。すぐに受取りにゆこう、と思いついて、笑ってしまった。鍵を受取りにゆくためには、鍵をしめて出掛けなくてはならないのである。

ひとり暮しをするためには、整理整頓をよくしなくてはならないということが、骨身に沁《し》みてよく判った。

鍵は、前の日に着たコートのポケットに入っていた。

鍵は泥棒用心と、うちに入るために必要だと何となく決めていたのだが、それより先に、うちを出るために必要である、ということを教えていただいた。

それにしても、こんな判り切ったことに気がつかないで、よくもまあ、何百万人というかたに見ていただくホーム・ドラマを書いていたものである。

ハンドバッグを失くしたことがある。

失くしたというより盗られたといった方が正しいかも知れない。

ホテルのバーで夜景を眺めながらお酒をのんでいたときである。カウンターはすべて窓に向っており、室内は夜の街より暗かった。私はいつもバッグは椅子の背もたれのところに置くのだが、高名なエチケット評論家の書かれたものを拝見したところ、背もたれに置くと、人間はどうしてもその分だけ浅く腰かけることになる。これは上品とは言い難《がた》いというのである。欧米社交界では、バッグは足許に置くのがマナーですとあった。

生れのよろしくない者ほど上品に憧れるものである。私は早速《さっそく》、バッグを足許に置き、放送作家の来し方行く末について論じていた。

三十分ほどたち、ハンカチを出そうとして足でバッグをさぐったところ――このへんのしぐさは必ずしも上品とは申しかねるが、床のバッグをとろうとすると、お尻をおっ立てて這《は》いつくばらなくてはならない。

それよりも、闇を幸い、足で、バッグの手紐《てひも》を引っかけ手繰《たぐ》り寄せようとしたのである。

ところが、足の裏にトリモチをくっつけた賽銭《さいせん》泥棒みたいに（このたとえは上品な欧米社交界では到底理解されないに違いない）足で床に輪を描いたりもたもたするのだが、手紐はいっかな引っかからなかった。引っかからないも道理で、バッグは置き引きにやられてしまったのである。

現金と懐中時計だけが抜きとられたバッグは、次の日、ホテルの洗面所にブラ下っていたとかで、無事私の手にもどったが、下手すると、その晩、私は自分のうちに閉出しをくうところであった。

うちのアパートは、管理人が合鍵を持つということがない。幸い、友人のS女史に予備の鍵を預けてあったので、連れにタクシー代を拝借してのりつけ、在宅した友人に鍵を返してもらって我家へ入ることが出来た。

その夜、私は本気で考えた。

欧米社交界に通じるマナーが通じないとなったら、予備の鍵は五本か十本、つくらなくてはならない。

信用の置ける友人に一本ずつ預け、万一に備えなくてはならないのだが、問題はその選択である。七人なら七人を、全部同じ職種の人間にしてはいけない。例えば物書きやデザイナーは、同業同士集ってパーティなどがある。万一、その日にあたってしまうと、七人ともそちらへ出席するわけだから、私は閉出しをくうことになる。

七人はおたがいに顔を知らず、一緒に食事をしたりしない人間を選ばなくてはいけないのである。

私は、頂戴《ちょうだい》した年賀状の束をほどき、わが友人のなかから、信頼のおけそうな、なるべく出好きでないのを選びかけたが、やっているうちに馬鹿馬鹿しくなってやめてしまった。

そんな心配をするより、鍵を失くさないようにすればいいのである。

鍵で忘れられないのは、アンコール・ワットのホテルである。カンボジアの首都プノンペンから飛行機で一時間ほど奥へ入ったこの壮大な遺跡をたずねたのは、もう十年以上も前のことだった。

石造りの寺院のすぐ前にあるテンプル・ホテルはフランス系のバンガロー型式の美しいホテルで、私たちは寺田屋旅館といっていた。

この寺田屋は、一日の観光を終って、フロントへ鍵を受取りにゆくと、

「みなさんのお部屋に届けてあります」

という。

フランス語みたいな英語で言うので、はじめは間違いではないかと思った。何度聞いてもそう答え、手許に鍵はないというので、半信半疑、自分のバンガローへいってみて、びっくりしてしまった。

さあどうぞお開け下さいという風に鍵は鍵穴にさしこまれてあった。

私は、鍵を廻して中へとび込んだ。

スーツケースを引っくりかえし、何か失くなっているものはないか。大あわてで調べていたら、地響きが起った。

半開きのドアの外の中庭を、ホテルに飼われている象が、カンボジアの少年をのせてゆったりと通っていった。勿論《もちろん》、なにもなくなってはいなかった。

高床式の簡素なうちの下では水牛が黄色い水を浴びていた。家財道具は何もないようにみえたが、人々はゆったりと歩き、昼下りには、屈託のない顔で昼寝をしていた。鍵といえば、疑いのシンボルと思っていたが、十年前のこの国では、信頼のシンボルだったのである。

眠る机

素晴しい机を見つけて夢中になったことがある。

それは、銀座の輸入家具を扱う老舗《しにせ》の奥まった一隅に、ゆったりと置かれてあった。イタリー製で、黒い漆《うるし》のような仕上げである。ごくありきたりの形なのだが、こういうのをすぐれたデザインというのであろう。モダンななかに気品とやわらか味があった。大きさも中位で、机の横の部分と、セットになった椅子のクッションと背もたれは臙《えん》脂色《じいろ》のモロッコ皮である。明らかに婦人用の机である。

私は、女の机としては日本の二月堂が最高だと思っているが、この机は、イタリーの二月堂というところがあった。なによりも、偉そうにみえないところがいい。

こんな机で書いたら、私の書くものもすこしは色っぽく女らしくなるかも知れない。私という人間にも、私の部屋にも似合わないことは百も承知で、欲しいなあ、と思った。

問題は値段である。

机としては最高、と考えている値段のひと桁上であった。

身分不相応。冥利《みょうり》が悪い。高いものを諦めるときの決り文句を自分に言いきかせていたのだが、何度目かにのぞいたとき、売約済みの札がついていた。

どんなかたがこの机を使われるのだろう。

はしたないと思ったが、売約済みの札の裏をのぞいてみた。田中絹代様となっていた。

小学生のときの机は、実に豪華なものだった。

豪華というより、滑稽《こっけい》というほうがあたっていた。私の入学を祝って、父がデザインをして近所の家具職人に作らせたものだが、これが弟と向い合せで坐る「きょうだい机」なのである。

材質はサクラだが、その分厚いこと、頑丈なこと、大きいことといったら、なかった。苦労してやっと人並みの肩書きと収入を得るようになった若い父親が、初めての自分の子に、すべての夢を托したというところがあった。

デザインも凝りに凝っていて、片袖の抽斗《ひきだし》はもちろん、片側には、ランドセルや草履《ぞうり》袋を入れる棚までつくりつけになっていた。

椅子の高さも、私と弟は違っていた。二つ年下の弟は少し高目になっていた。

父はこの机が得意だったらしく、来客があると、挨拶に出た私に、

「机をお目にかけなさい」

という。こういうとき、散らかっていると叱られるので、いつも机の上を整頓しておかなくてはならなかった。大人になるにしたがってだらしがなくなり、机の上にガラクタを山と積む癖がついたのは、このときの反動ではないかと思う。

客は、父の手前、さも感心したように、

「いや、大したもんですなあ」

とほめそやすが、父の姿が見えなくなると、柱にしがみついて笑っていた、とあとになって母は話していた。

父の涙ぐましい親心は、あまり実を結ばなかった。私と弟は、やれノートがおたがいの境界を越したのなんのとすぐに言い争いになり、この机に坐ると、勉強するより喧嘩することが多かった。結局、負けた方は泣きベソをかきながら食卓で書き取りをすることになる。それより、素人のかなしさで、子供の成長を計算に入れなかったものだから、すぐに足がつかえて使いものにならなくなってしまった。

今から考えれば、この机だけがこれまでに使った、ただひとつの机らしい机であった。

女学校時代の机は、かなしい代物《しろもの》であった。ぼつぼつ戦争もはげしくなっていたし、親も暮しに追われてそうそう子供の机にまで気が廻らなくなっていたのだろう。

一閑張《いっかんば》りの坐り机で、重みをかけると、べカッといきそうな安物だった。

その上の学校へ通っていた時は机がなかった。戦後の住宅事情の悪いときで、親戚に居候という形だったが、せまいといっても、机のひとつくらい持ち込めば持ち込めないことはなかった。だが、その分、私の領分は確実にせまくなる。私は机なしですごすことにした。

国文学の勉強より、遊ぶことやアルバイトに忙しかったから、机はいらなかった。日曜ごとに通う上野の図書館が私の机だった。

どうしても必要なときは、物干台が机になった。物干は畳から五十センチほど高くなっている。級友のノートをうつす私の鼻先に洗濯物のしずくが落ちた。ひるがえっているつぎのあたった祖父の股引《ももひき》や祖母のお腰の向うに、隣りの屋根屋の物干がある。丹精している植木鉢のならんだ奥に屋根屋の大将が昼寝をしていた。私の二番目になつかしい机は、この物干机である。

机龍之助といえば、中里介山《かいざん》の「大菩薩峠」の主人公だが、はじめてこの小説を読んだとき、私はこの人物に夢中になった。自分の持ち合せていない執念の酷薄さに魅せられたこともあるが、どうやら名前が気に入ってしまったらしい。碌《ろく》な机を持っていないのでそう感じるのかも知れないが、机、とは何と面白い姓であろう。机龍之助と眠狂四郎は、つくった名前としては双璧《そうへき》だと思う。

ただし、机龍之助は、机を持っていなかったに違いない。目が見えないのだから、剣は使えても読み書きはまずむつかしいであろう。眠狂四郎も、机は持っていなかったような気がする。そこへゆくと宮本武蔵などは、ちょっといい机を持っていたのではないだろうか。

眠狂四郎の名が出たから、図にのって書くわけではないが、私は机に向うと眠くなる癖がある。

机の上に原稿用紙をひろげる。もうそれだけで、あくびが出てくる。締切はとうに過ぎているのだ、と自分に言いきかせてペンをとる。もともと無い知恵を絞って書いているのだから、そうそういい考えがひらめくわけはない。瞼《まぶた》が重くなってくる。

ちょっと眠ろう。ここで眠れば頭がすっきりして、面白いことを考えつくかも知れない。原稿用紙の上にうつ伏して、五分のつもりが十分、十分のつもりが三十分、眠ってしまう。

首が痛くなって目がさめる。いい知恵どころか、寝起きの頭はますますぼんやりして、前よりもっと悪くなっている。不思議なもので、これが食卓だと、机ほど眠くならない。鍋敷や醤油注《しょうゆつ》ぎのそばにひろげる原稿用紙は、傑作は生れない代り、肩ひじ張らず気楽に物が言えそうで、すこし気が楽になるのであろう。

そんなわけで、私はこの三年ほど、机は使ったことがない。人並みに机は持っているのだが、本や台本を積み上げてあるので、使いものにならない。

小学生のとき、私は机という字と枕という字をよく間違えたが、私にとって机は本当に枕なのである。

メロン

さる名家が客を招いた。

結構な晩餐《ばんさん》の最後は、メロンである。一同、礼儀正しく頂いているところへ、この家の幼い令息令嬢が挨拶に出て来た。一門から宰相や名指揮者を出している名門の子弟らしく、お行儀は満点である。

やがて、宴は終り、客はおいとましたのだが、なかのひとりが、食卓に忘れものをしたことに気づき、玄関から食卓に取ってかえした。

その客が見たものは、

「メロンだ、メロンだ」

と叫びながら、客が礼儀正しく鷹揚《おうよう》に食べ残したメロンを、片端から食べている、生き生きとした二人の子供の姿であった。

聞いたはなしだが、私はこの情景を思い出すと、嬉しくてたまらなくなる。

十年も前のことだが、五人ほどの友人と、京都で年越しをしたことがあった。大晦日《おおみそか》に京都で落合い、八坂神社におけら詣り、晦庵《みそかあん》あたりで年越しそばを食べながら除夜の鐘を聞く。年が改まったら、祇園《ぎおん》で舞《まい》妓さんをよんであげようという奇特な友人もまじっていて、京都の寒さも忘れるほどの楽しさであった。

夜の町に繰り出す前に、ホテルで軽くおなかを拵《こしら》えたのだが、私は急にメロンが食べたくなった。隣りのテーブルの新婚らしいのが、ほどよく熟《う》れたのに、スプーンを入れているのが目にとまったのである。

ところが、リーダー格の女友達が、おっかない顔をしてとめるのである。ただでさえ高価なメロンを、ホテルの食堂で注文したら一切れいくらになると思うか、というのである。一夜明けたら、祇園へ上ろう、たまには豪気にパーッといこうといっているのに、メロン一切れに目を三角にするとは情ないと思ったが、もっともな言い分なので、ボーイさんを呼ぼうとあげかけた手をおろした。その顔が、よほど食べたそうにみえたのであろう。友人は、そんなに食べたいのなら果物屋で一個買いなさいという。みんなで「乗って」あげる。割カンで買い、ホテルの窓の外に出しておき、冷えたところで食べれば、ホテルの半値以下で食べられるというのである。一同、賛成をしてくれたので、おけら詣りの行きがけに、あいている果物屋で、一番大きい高いメロンを買った。私が一番年下だし、言い出したこともあり、メロンの持ち役は私である。

人波にもまれながら、おけら火のついた細い火縄を、消さないように歩くだけでも骨なのに、抱えた人の首ほどのメロンがごろんごろんして、大した道のりでもないのに、ひどく難儀な思いをした。メロンは、ホテルの窓の外に苦心してつるし、折からチラホラ舞い始めた白いものを見上げながら、天然の冷蔵庫になってきた、と喜び合ったが、さて気がつくと、メロンを食べたくとも、ナイフも皿もスプーンもないのである。仕方がないので、格別、取りたくもないルーム・サービスでサンドイッチやオレンジをとり、皿やナイフ、フォークのたぐいを、暫時《ざんじ》、預らせていただいた。

元旦は祇園で遊び、生れてはじめての大尽《だいじん》気分でホテルに帰り、さて、窓の外のメロンも程よく冷えている。私は、三つの部屋のドアを叩いて廻り、

「メロンですよ」

と触れ廻った。

五人が揃《そろ》ったところでナイフを入れたのだが、一同の期待をこめた深呼吸にもかかわらず、あの特有の香気がしないのである。結果は無残であった。黄色い大根といった味だった。これでもメロンかといいたい代物《しろもの》だった。私たちは絨毯《じゅうたん》の上に車座になり、寄せあつめのコーヒーの受皿やサンドイッチの皿で、スカスカのメロンを食べた。みんなひとことも口を利《き》かなかった。

うちの近所の八百屋にも、メロンがならんでいる。一個三千五百円か、高いなあと思って、手に取ったら、お尻のあたりがかなり熟れていたらしく、親指がめり込んでしまった。

買うべきか買わざるべきか、モタモタしていたら、目ざとく見つけたらしい若主人が寄って来た。いたずらっぽく笑いながら、

「キズものだから、千円でいいよ」

と言う。

ちょうど客があったので、四切れに切りわけて出したところ、これがアタリで、何ともおいしかった。柳の下にメロンは二個おっこっていないかと思ったわけでもないが、次に出かけた時も、私はついメロンに手を出した。このとき、うしろから声があった。

「奥さん」

私は奥さんではないが、近所の商店ではこう呼んで下さる。若主人である。彼はニヤリと笑うとこう言った。

「今日は親指は駄目よ」

先手を打たれて、親指メロンはただ一回しか食べることが出来なかった。

お恥しいはなしだが、私は平常心をもってメロンに向いあうことが出来ない。なんだこんなもの。偉そうな顔をするな。たかが、しわの寄った瓜じゃないか、と無理をして見下《みくだ》す態度をとりながら、手は、わが志を裏切って、さも大事そうに、ビクビクしながら、メロンを取り扱っている。

レストランやよそのお宅でメロンをご馳走になる場合は、育ちが悪いと思われてはならぬ。それでなくても向田という苗字はすくないのだから、氏素性《うじすじよう》がいやしいなどと思われては、親きょうだい、いや、ご先祖様にも相済まない。こんなもの、いつもいただいております、という風に、ごくざっと食べてスプーンを置く。

しかし、うちで到来物のメロンを食べるときは、日頃の心残りを晴らすように皮キリキリのところまで、果肉をすくい、一滴の果汁もこぼさぬよう気を遣って食べるのである。このメロンにしても、うちうちで食べるのは勿体《もったい》ない。来客があった時に、と冷蔵庫に入れておくうちに、締切で時期を失し、切ってみたら、傷《いた》んでしまって涙をのむことも多いのである。

一度でいい。一人で一個、いや半分のメロンを食べてみたいと思っていた。ひとりで働いているのだから、しようと思えば出来ないことはないのだが、果物に三千円も四千円も払うことは冥利《みようり》が悪くて出来ないのである。

ところが、四年前に病気をして、入院ということになった。花とメロンが病室に溢《あふ》れた。食べようと思えば、一度に三つでも四つでも食べられる。幸い、外科系の病気で、胃腸は丈夫なので食欲はある。それなのに、食べたくなかった。

メロンは、病室で、パジャマ姿で食べても少しもおいしくないのである。高い値段を気にしながら、六分の一ほどを、劣等感と虚栄心と闘いながら食べるところに、この果物の本当の味があるらしい。

洟をかむ

時季はずれの風邪をひいてしまった。

テレビの仕事がひと区切りついたので、チュニジア、アルジェリア、モロッコからサハラ砂漠へ入る半月ほどの旅行に出掛けたのだが、風邪はどうもその旅先でいただいたらしい。帰りの飛行機のなかは、洟《はな》との闘いであった。

自分が格闘していたので、いきおい他人《ひと》さまの洟のかみかたが気になった。

外人は、特に西欧の人たちは、はな紙で洟はかまない。ハンカチをひろげてグシュッとやる。使ったハンカチはポケットには戻さず、背広の袖口に押し込んでおいてまた使う、と物の本で読んだのは、何十年前のことだったか。

本当にそうだろうかと半信半疑だった。

はじめて外国へ出たのは十二年前だったが、見るもの聞くもの、浦島太郎ではないが、ただ珍しく面白く、という有様で、とても他人さまの洟のかみかたにまで目を向けるゆとりはなかった。それと、季節はちょうど夏で、洟をかんでいる人は見当らなかったような気がする。

今度は、パリ—東京間の機内と、中継地のアンカレッジの空港で、洟をかんでいる五人の外人を見かけた。

五人のうち四人は、私たちと同じティシュ・ペーパーで洟をかんでいた。かみかたも格別変ってはいなかった。なかの一人が、片手でかんでいたくらいである。

残りの一人は、本当にハンカチで洟をかんでいた。

もうちょっとで六十という年格好のその人は、ジョン・ウェインのまた従弟《いとこ》といった感じのアメリカ人だった。

どういう職業のひとか見当もつかないが、紺のブレザーを着こなした姿勢のいい大男だった。

この人も風邪をひいていると見え、ひっきりなしに洟をかむ。まず大ぶりの白いハンカチを手品師のように片手でさっとひろげる。鼻を包むようにして、

「グフッ」

かみ終ると、グローブのような掌で丸めるようにして、ズボンのポケットにねじ込んだ。袖口には仕舞わなかった。

彼は三度か四度、それこそ私の鼻の先で洟をかんだが、一度もティシュは使わなかった。

顔が似ていると、声も似ている。性格も似ていることが多い。この人も、ジョン・ウェインと同じようにタカ派であり、洟のかみかたも保守派なのであろう。

それにしても、あのハンカチは、誰が洗うのだろう。彼の鼻はうつ伏せでは寝られないのではないかと心配になるほどみごとにそびえ立っていた。私のような情ない団子鼻でも、これだけの洟が出るのだから、あの体格、あの鼻では、まず私の倍は出るに違いない。

実は私も、随分前のはなしだが、気取ってハンカチで洟をかみ、その後始末で往生したことがある。私は昔人間で、ひとり暮しのこともあり、洗濯はすべて自分の手でゴシゴシやるのだが、人間の洟が落ちにくい代物《しろもの》だとは知らなかった。

まるでとろろのようにまつわりつき、洗っても洗ってもスッキリせず、ヌルヌルしている。水で洗ったのがいけないのかと思い、熱湯をだしたら、今度は洟が煮えて白く浮き上り、我がものと思えど、いささか気持の悪い思いをした。このあと、塩辛のお茶漬を食べるのが嫌になった。こんな苦労をしたのに、まだ洗いが足りなかったらしく、洟は執念深く布地にしみ込み、乾き上ったら、カパカパしたところがあった。

ハンカチで洟をかむというのは、たしかに粋《いき》なしぐさだが、奥さんかクリーニング屋か知らないが、陰で泣いている人間がいるのである。

それとも、あのジョン・ウェインは、夜更けのホテルの洗面所で、バス・タオルを腰に巻き、ひとりハンカチの洗濯をするのだろうか。エチケットというのは、どこかやせ我慢に支えられているところがある。

物のない時代に育ったせいか、私はどんどん出てくるティシュ・ペーパーを、屈託なく使うことが出来ない。

女ひとり、ひと様が寝ている間も起きて働いているのである。ティシュの一箱や二箱、なんだ、と思うのだが、いざとなると勿体《もったい》なくてしかたがない。洟をかんで、本式に出ればそれでいいのだが、チュンという音だけで、紙のほうには、大豆粒くらいのしめったのがふたつ出来ただけ、というようなとき、私はどうしても捨てることが出来ない。

お恥しいはなしだが、もう一度、戻してしまう。次の機会にまた使うのである。前の、湿ったところを除《よ》けてかむわけだが、うっかりすると、使用済の濡れたところにまた鼻があたってしまう。これも我がものと思えど、あまりいい気持のものではない。

一度だけだが、同席の人に、はな紙拝借といわれて、差し出したのが、このかみかけの、大豆二粒ポチンと濡れたので、私はあわてて引っ込め、冷汗をかいたことがあった。

育った時代、というのは、こんな形で一生、尾をひくものらしい。

戦前のはなしだが、うちの母はよく広告の紙で洟をかんでいた。今ほどではないが、その時分でも朝刊にはさまっていたり、街でチンドン屋に手渡されたりするのだろう、大売り出しのちらしは食卓のまわりで目にすることもあった。紙質も悪いペラペラで、青か赤のインクで、洋品店などの宣伝が書いてあった。母はこれを丁寧にたたんで、割烹着《かっぽうぎ》のポケットに仕舞い込む。父に叱られたあと、さりげなく台所に立ち、これで洟をかむのである。佃煮の小鉢を取りにもどったのよ、という風に、すました顔で茶の間にもどってくる母の鼻の先が、赤くなったり青くなったりしている。

ははあ、お母さん、台所で泣いてきたな、と判ってしまう。色のついた鼻の先を見ないようにしながらごはんを食べるのだが、おかしくておかしくて仕方がない。

父も同じ気持だったと思う。人一倍、目敏《めざと》いひとだったし、怒ったあとを気にするたちだったから、母の鼻に気がつかない筈はなかった。

はな紙も買えないほど貧しい暮しではなかった。当時としては中流の中の暮しで、食べるものや見るものは、分不相応の贅沢《ぜいたく》をさせてもらった覚えもある。

母は、というより当時の日本の女は、もしかしたら、みなあのように節約《しまつ》だったのかも知れない。癇癖《かんぺき》の強い父親を持った家庭だったにもかかわらず、四人の子供たちが格別いじけることなく、多少漫画的に伸び伸びと大きくなれたのは、あのときの母の赤い鼻、青い鼻のおかげだったような気もする。母は気がついていないらしいが。

胸毛

胡椒《こしょう》を使うと必ずくしゃみをする。

それも胡椒を振った時には出ないで、料理を食卓に運ぶ頃になって号砲一発、とてつもなく大きいのが出るのだから始末が悪い。

これはわが家の女系の象徴なのである。

「女の癖になんだ」

何度父がどなっても、母のこの癖は直らなかった。長女の私にも同じ病いがあると判り、遂に父もどなりくたびれたらしいが、この父も他人様《ひとさま》の倍はあろうかという大音声《だいおんじょう》なのである。

どちらかといえば我が家は騒々しい一家であった。父は大声でよくどなり母は笑い上戸《じょうご》であった。よく笑いよく泣き、よくしゃべりよく食べる嵩《かさ》の高い家族であった。

そのせいか女学生時代隣りに住んでいた大杉さん一家は、不思議な家族に思えた。

とにかく音を立てないのである。

いつ起きたのか気がつくと雨戸があいている。年頃の子供たちもいるのに、いつ出掛けていつ帰ったのか気配も判らない。うちの母が陽気な鼻唄まじりで朝の大洗濯を済ませ、二竿か三竿の洗濯物が風に飜《ひるがえ》る頃、隣りは洗った下駄が一足か二足、生垣に引っかかっているだけなのである。台所から出るごみも少ない。電灯も暗い。人の出入りもほとんど無い。

日曜の朝というと意地悪のように早起きする父は、雨戸の閉ったお隣りをのぞいては、母に言っていた。

「おい、大丈夫か」

威張る癖に臆病な父は、お隣りが一家心中でもしているんじゃないかと気を揉《も》んでいるのである。

祝日には几帳面《きちょうめん》に日の丸が立ったが、旗はねずみ色であった。知らないうちに息子さんは就職し、知らないうちに娘さんは結婚されたらしかった。

つきあいらしいつきあいもないままでうちは父の転勤で引っ越しをしたのだが、十年ほど後で、母はこの家の夫人と偶然道で出逢った。向うから駆け寄ってみえ、実に懐しそうな挨拶があったという。そういえば祖母の葬式を出した時も、心のこもったお悔みがあった。今から考えると、いいお隣りさんだったと、三十五年もたって母は言っている。私もそう思うのだが、どうしてもこの家族の顔が思い出せない。揃《そろ》って中肉中背。声の小さい一家であったというほかは、記憶に残っていないのである。

思い出せる顔と思い出せない顔がある。

お雛《ひな》さまでも内裏《だいり》様は目鼻立ちがすぐ目に浮かぶが、五人囃子《ばやし》となると薄ぼんやりして見当がつかない。滝口さんも五人囃子のクチであった。

滝口さんは速記者である。

私は二十代の十年間、映画雑誌の編集部で働いていた。月に一度、映画評論家や俳優を招いて座談会をする。滝口さんはその時だけお願いする人であった。

年の頃は三十二、三。痩《や》せて小柄であった。目も鼻も口も、声も小さかった。声の小さい人はノックも小さい。誰かが鉛筆のお尻でデスクを叩いているな、と思うとそれが滝口さんのノックだった。お化けのようにスーと音もなくドアがあき、一呼吸あって、悪いことでもしたみたいなオドオドした滝口さんの顔が覗《のぞ》くのである。

風采《ふうさい》も上らなかった。

真白なワイシャツを着ていたのを見たことがなかった。いつもハッキリしない色の背広にハッキリしない色のシャツを着ていた。紺とかグレイとか一色に決めるのが面映《おもは》ゆいので、両方の色を少しずつ混ぜてしまうようにみえた。

座談会が終ると速記者にもお膳が出る。これに滝口さんは手をつけなかった。「胃が悪いので」と頑《かたくな》に辞退をした。二、三度続くと当り前になった。言いにくいことだが、これは予算の乏しい小さな出版社にとっては、助かることであった。

まだテープレコーダーが普及していない時分でもあり、滝口さんの腕は抜群であったから、私たちはまず滝口さんの都合をたしかめてから座談会の日取りを決めるほどであったが、いつも隅っこに坐り、無口で、気がつくと居なくなっているこの人を、常連の評論家も私たちも、どことなく軽くみているところがあった。

梅雨の頃だったと思う。急に座談会の時間がズレて、私は滝口さんと一時間ほど喫茶店で時間をつぶす破目になった。

席につく時、滝口さんの持っていたハトロン紙の袋が雨に濡れて破れ、カメラの専門誌が床に落ちた。滝口さんはカメラ雑誌の常連入選者であった。それがキッカケで、私は滝口さんの意外な側面を聞き出すことが出来た。何百鉢という蘭を育て、その方面ではプロであること。三人の子持ちであること。ヴァイオリンを弾くこと。

出るのはため息であった。

「人は見かけによらないわねえ」

「そうですよ」

若気のいたりとしか言いようのない言い草を咎《とが》めもせず、滝口さんは気の弱そうな目で笑うと、ハッキリしない色の開衿《かいきん》シャツの、衿元《えりもと》までキッチリとかけたボタンをはずしてみせた。

物凄《ものすご》い胸毛であった。

黒い剛毛が、肋《あばら》の浮き出た貧弱な胸に渦巻いていた。私は声も出なかった。

滝口さんは、貧しいおかずの弁当を持ってきた小学生が弁当箱の蓋《ふた》だけ持ち上げて素早く食べるように、はた目を気にしながら、また衿元までボタンをかけた。

「似合わないものが生えてるもんで」

いつもの、聞きとれないほど小さい声であった。

本当にこわいのはこういう人だなと思う。大騒ぎする人間は大したことないのである。現になにかといえば大声を出していたうちの父は六十四歳でポックリ死んでしまい、残った四人の子供も繁殖力あまりよろしからず、孫は二人である。音無し一家の大杉さんや遠慮しいしいドアを開けていた滝口さんには到底及ばないであろう。日本の人口が殖《ふ》えたのは、こういう人たちのおかげである。万葉集にも「ことあげせずともとしは栄えむ」とあるそうな。そういえば超人哲学を唱えたニーチェは、小男だったと聞いたことがある。

胸毛が生えていたかどうか、それは知らない。

お取替え

雑事に追われて、お花見も出来ないうちに葉桜になってしまった。

せめて、春らしい色のパジャマでもと、近所の洋装店にゆき、あれこれ物色しているところへ、中年の主婦が四角い箱を抱えて入ってきた。

三十五、六というところだろうか。買物籠片手のサンダルばきにしてはお化粧が濃いようだが、まあ美人の部類に入るひとである。

「やっぱりこれ、駄目なのよお」

店の主人の前で四角い箱をあけながら、鼻を鳴らすような、甘えた声を出した。

中から出てきたのは、化繊《かせん》のワンピースである。薄いグレイの地にバラの花が散っている。裾の部分のバラは大輪になっており、裾模様のようにみえる華やかな服だった。

「うちへ帰って〝あてて〟みたら、派手で着られないのよ。主人も、よせよせっていうし。地味なのと取替えてぇ」

語尾がまた、鼻にかかった。

小鬢《こびん》に白髪の目立つ、二十年前の天皇陛下、といった感じの主人は、

「お取替えは困るんですけどねえ」

不機嫌を顔に出した固い顔で、防禦《ぼうぎょ》するのだが、中年主婦は一向にひるまない。

「だって、着られないんだもの。主人も、嫌だっていうし、手通してないんだから、いいじゃない」

言いながら、ぶら下っているほかのドレスを体にあてがっているので、鏡に向ってしゃべる格好になっている。

「差額の分は、靴下や下着買うからいいじゃない。ね。本当に手、通してないんだから」

困るんだけどねえ。弱ったなあ。どうすっかなあを連発しながら、二十年前の天皇陛下は遂に中年主婦に負けてしまった。

主婦は、同じ品質だが、紺に小花を散らした、ちょっとした外出着になる地味めのものと取替えて出ていった。

「かなわねえなあ」

主人は吐き出すようにこう言った。

「奥さんの前だけどさ」

客は私ひとりだから、奥さんというのは私のことらしい。

「計画的犯行だもんね。たち、悪いよ」

すぐには事情がのみ込めずにいる私の顔を見て、主人は更にこうつけ加えた。

「今日、月曜でしょ」

たしかに、その日は月曜だった。

「買ってったの、土曜の夕方だよ」

私は、まだ判らなかった。

「間に日曜がはさかってるでしょうが」

私ははさまっているというが、この人は、はさかっているというらしい。

「四月はクラス会だ子供のピアノがどうしたっていうんで、出る用が多いんだよ」

やっと判った。

土曜の夕方、少し派手めの正式外出用のドレスを買い、一回だけ着て、月曜には、ちょいちょい着られるものに取替えてゆく、という段取りのことを言っているらしい。

「デパートなら突っ返すけどさ、小売店は弱いから」

「でも、見たわけじゃないでしょ。本当に手、通してないかも知れないじゃないの」

「商売だからね。着たか着ないかぐらいひと目で判るね」

ほら、と言って、主人はドレスの衿もとを私の鼻先につきつけた。

「ここに匂いがつくんだよ」

ツンときて涙が出てくる化繊特有の匂いのほかに、ほんのすこし化粧品の匂いがまじっているような気がしたが、そういえば、という程度である。

「四月と十二月に多いね、こういうのが」

主人は、吐き出すように言うと、華やかなドレスをハンガーにかけ、売場にもどしかけて、思い直し、レジの横の別になったところにつるした。私が出ていったら、きっと売場にもどすだろうな、とおかしくなった。結局私は何も買わないで店を出た。

向《むこう》っ気が強いようにみえて実は気が小さく、東京人特有のいい格好しいなので、私はこの中年主婦のようなみごとなお取替え作戦はやったことがない。

それどころか、買物をしてうちへ帰り、よく考えてみたら少し違っていたという実情を話せば取替えていただけそうな場合でも(勿論《もちろん》、衣類ではない)すこし迷った末に諦めた。

いったん手にとり、自分のものとしたものを取替えるということに罪悪感があるらしい。

どうやらこれは、子供の頃の我が家の教育に原因しているような気がする。

子供の頃、一番豪華なお八つは、動物チョコレートだった。来客からの頂きもので、大きな箱に入っていた。これを頂くと、父は私たち子供の前に箱を出し、長男の弟、次に長女の私という順にひとつずつ取らせた。

一番大きい象をつかんで持ち上げてみると、案外に軽くて中はガラン洞だったりする。象を弟に取られて、ガッカリしながら、小さな兎に手を伸ばすと、これが中まで無垢《むく》のチョコレートということもあった。

今から考えれば、みかけの大小はあったにせよ、どの動物もチョコレートの量は大差なかったのかも知れないが、子供にチョコレートを食べさせるとのぼせて鼻血が出て馬鹿になる、と信じていたうちの親は、一回一個を固く守らせていたから、子供にとっては胸のどきどきする出来ごとであった。

この場合、父は絶対に取替えを許さなかった。

「お前はいま、摑《つか》んだじゃないか。文句言うんなら自分の手に言え」

子供が泣こうがわめこうが、ひとわたり取ると箱の蓋《ふた》をして、それ切りだった。

子供心に、慎重になった。前のときの失敗を繰り返さないようにして丁寧に選んだ。あまり長く考えていたり、手を箱の上に持っていって迷ったりすると、気の短い父はまたどなった。

「何を愚図愚図《ぐずぐず》している。食べたくないのならよしなさい」

子供心に、物を選ぶのは真剣勝負だと思った。真剣勝負ということばは知らなかったが、うちの姉弟は、四人ならんで、かなり真剣な凄《すご》い目をして、チョコレートの箱をにらんでいたのではないかと、此《こ》の頃になっておかしくなつかしく思い出している。

離婚をした友人がいる。

姓名判断で占って、名前を変えたひともいる。

その人たちが、ときと場所は別々であったが、同じようなことをポツンといったことがある。

「取替えてから、やっぱり前のほうがよかった、と思うことがあるのよ」

「いっぺん取替えることを覚えると、また取替えたくなってしかたがないの」

青い目脂

八百屋に行くと逢う人、花屋でだけ逢う人というのがいる。その老婦人は、銀行で逢う人であった。

七年前に初めて見かけた時、あ、誰かに似ていると思い、そうだ轟夕起子《とどろきゆきこ》だ、轟夕起子が生きていたら、こんな感じのお婆さんになっていたに違いないと気がついた。

本ものの轟夕起子は、姿勢と歩き方の綺麗な人だったが、銀行の轟夕起子はそこのところもよく似ていた。髪こそ半白だがまだ充分美しかった。洋服の趣味もよく、物腰には品格とユーモアがあった。こういう風に年を取りたい、と私は遠くから眺めていた。

ところが、今年に入って急にいけなくなった。

髪はザンバラになり背中が丸くなった。服装もチグハグになり、毛玉の出たセーターの肩に、白髪の脱け毛が何本もついているようになった。椅子に腰をおろすと、膝頭が開いている。ポカンとして、口をあいていることもあった。この頃から、よく行員に文句をいうようになった。

朱肉が乾いている。備えつけのボールペンの出が悪い。伝言板の古いのが消してない。私よりあとから来た人が先に呼ばれるのはどういうわけなの――。

くどくどと吐言《こごと》を言う彼女の、スカートのヘム（折り返し）が大きく垂れ下っている。

もう轟夕起子には似ていなかった。


ジャン・マレエと同じエレベーターに乗り合せたことがある。

これは似ている人ではなく、正真正銘、本ものである。二十年近く前だと思う。私がまだ映画雑誌の編集の仕事をしていた頃で、ジャン・マレエは、自分の主演映画の宣伝に来日したのではないかと思う。

ホテルでエレベーターに乗ったら、中にジャン・マレエが一人で乗っていたのである。向う様は全くご存知ないのだが、私から言えば、この人とは奇妙なご縁があった。

この二、三年前に、私たちの映画雑誌でフランスのスターにファン・レターを出そうという企画ものをやったことがある。当時人気絶頂だったジェラール・フィリップやフランソワーズ・アルヌールなど七人のスターに宛てたファン・レターを募集する。当選した手紙を仏訳してスターに届け、返信と一緒にそのスターが身につけていたネクタイやスカーフを当選者に贈るというプランである。

フランス映画全盛時代でもあり、まだ外国製品がこんなに街に溢《あふ》れていない頃だったから、かなりの反響があった。

数は来たのだが、どうも内容が面白くない。あの映画のあなたは素敵でした、憧れています、一本槍である。これでは記事にならないというので、私は編集長にいわれてジャン・マレエ宛てのファン・レターの代作をしたのである。

正直言ってジャン・マレエは好きでなかった。全身イボもホクロもありませんという感じで胸を張っているこの人より、頼りなげなジェラール・フィリップの方がいいと思ったが、これも月給のうちである。私ははたちの女の子になって、あまりミーハーでもなく、さりとて凝り過ぎぬようかなり苦心をして手紙を書いた。

ひと月ほどして、返事がとどいた。

この企画の仲介をして下すった日仏半官半民団体のオフィスに受取りにゆくと、代表の――この方はフランス人の血が混った温厚な中年の紳士であったが、ちょっと困ったような顔をされた。

一通だけ具合の悪いのがあるという。ジャン・マレエからの返事であった。かまいませんから、ありのままを直訳して下さいとお願いした。

「貴女《あなた》の手紙は虚偽に満ち満ちている」

この書き出しの一行は、日活国際会館の、お濠《ほり》が見える角の部屋で、申しわけなさそうに読んで下すった代表者の横顔と一緒にはっきり覚えている。

「真実のない讃辞は不快である。日本人は映画の見方を間違えているのではないか」

手紙は最後まできびしいものであった。

日本が好きだとか、手紙を頂いて嬉しいとか、ほかのスター達が書いて来たような月並は一行もなかった。

身につけた物も頂戴《ちようだい》出来なかった。

お見事！　といいたいが、そうムキにならなくてもというところもあった。

「うちと費用折半で、オーデコロンでも買いますか」

気を揉《も》むムッシューに、実は私の代作ですと白状すると、彼は「オウ」とフランス式に手をひろげ、立ってコーヒーを煎《い》れながら、こう言われた。

「ジャン・コクトオにきたえられてますからなあ」

そのご本人と、狭い箱の中に乗り合せてしまったのである。

許さぬ人は、毅然《きぜん》として立っていた。

乗り込んできた背の低い日本の女の子には目もくれなかった。エレベーターに石膏《せつこう》を流し込み、型をとったら、そのまま銅像になった。赤ら顔で少しむくみ加減のせいか、アポロというよりフランスの仁王様といった方が近いように思えたが。

顔立ちは、こちらが気恥しくなるほど端正であった。人はこういう顔立ちに生れたら、ああいう風にハッキリ物がいえるのかも知れない、と思いながら、牛のように大きな彫りの深い目のあたりを見た。目頭《めがしら》に大きな目脂《めやに》がくっついていた。

この間、朝のテレビ番組に顔を出した。

テレビの脚本を書きたいという女性が増えているので、それについて何かひとこと言ってほしいというのである。時間が短いこともあり、意を尽せなかったのできまり悪く思いながら、うちへ帰ってヴィデオ・テープにとってあった自分の姿をもう一度見てみた。

司会者が、放送作家になるコツは何ですか、とおたずねになる。少し困っている私の顔がうつる。次の瞬間、私は手をあげて目頭から目脂を取るしぐさをしているのである。頭の隅っこに、あの日の、エレベーターのジャン・マレエがあるのかも知れない。偉そうなことを言う前に、自分で気がつかないうちに、ひとりでに手が動いたとしか思えない。

年をとると、猫も犬も、人間も気むずかしくなる。人を許さなくなる。出来たら、ひとには寛大、自分には峻厳《しゅんげん》とゆきたいところだが、そうもゆかないのが老いだとすれば、せいぜいスカートの折り返しと目脂には気をつけなくてはいけないなと思ったりしている。

おばさん

ひとの齢が判るようになったのは此《こ》の頃のことである。二十代は見当がつかなかった。出版社へ入社したのは二十三の時だが、直属の上司になる人に「ぼくは幾つに見えるかい」とたずねられた。

多く言っても少なく言っても失礼にあたると思い、

「三十から五十の間だと思います」

と答えたら、三十六歳であった。

そんなわけだから、当時五十五、六と踏んだおばさんの齢は、もっと若かったのかも知れない。

おばさんは靴磨きである。

私の勤め先のビルの前に店を出していた。店といったところで、街路樹の下に防水の合羽《かっぱ》を敷き座布団を二枚敷いて、足をのせる小さな踏み台を置くだけである。夏になると日除《ひよ》け代りの黒い木綿の蝙蝠傘《こうもりがさ》が立っていることもあった。

「東京シューシャインボーイ」や「ガード下の靴みがき」がヒットソングになった頃である。有楽町や日劇前には靴磨きが並んでいた。あの頃はピカピカに光った靴をはくのが何よりのおしゃれであった。進駐軍の影響もあるかも知れないが、食糧難の時代が終り、やっと復員の軍隊靴や半長靴《はんちょうか》と縁の切れた嬉しさが、滑稽《こっけい》なほど磨き上げた靴にあらわれていた。

おばさんの商売は繁昌《はんじょう》していた。

会社の連中のはなしだと、突っけんどんだが、仕事が丹念だという。靴のはき方がなってないと叱言《こごと》をいいながら、まず丁寧に汚れを落す。それから指の腹で薄く靴クリームを擦《す》り込むのがおばさんのやり方であった。

愛想がないだけではない。女の癖に癇癪《かんしゃく》持ちで、時間通りに靴を取りにこないといって、

「あんたの靴の番人じゃないんだ」

と株屋の店員をどなりつけていたこともある。

おばさんの隣りに、もうひとりおばさんが並んで坐るようになった。

新しいおばさんは、同じ年格好だが、古いおばさんに比べると威勢が悪かった。体もひと廻り小造りで、手拭いで顔をかくすようにして、オドオドと手を動かしていた。お

ばさんの知り合いらしかった。遠くから見ると、ふたりのおばさんは男と女に見えた。

ふたりのおばさんが、水を汲ませてもらったりご不浄を借りるのは私のつとめ先のあるビルなのだが、ここの管理人のおじさんというのが依怙地《えこじ》な人物であった。

「あんなとこに坐り込まれちゃ思い切って水も撒《ま》けねえ」

私達が出勤する前に、ビルの玄関と前の道路を癇性なほど掃除してホースで水を流さないと気の済まないおじさんは、ふたりのおばさんを目の仇《かたき》にしていた。

貸したバケツのつるが取れた取れないで、胸倉を取ってやり合っているのを見たことがある。

上背があり骨太でがっしりした体つきのおばさんを、顎《あご》だけは長くて立派だが、あとはすこぶる貧弱なおじさんが、息を切らせて壁ぎわに押しつけ、

「気に入らねえんなら、よそのビル使ったらいいだろ」

ともみあうのを、新しいおばさんがオロオロしながらとめに入り頭を下げていた。

私は一度だけおばさんの前に坐ったことがある。上司に頼まれて靴を取りにゆき、磨く間、踏み台に腰をおろしていたのである。私が、毎日顔を合せていながら、一度も磨いてもらわない言いわけをいうと、おばさんは、

「女はね」

といって顔を上げた。

「女に靴を磨かせるようになっちゃ、おしまいだよ」

男顔というのであろう、立派な目鼻立ちだが、毛の濃いたちらしく眉と眉がつながっていた。口のまわりにもうっすら口ひげがあった。一切の手入れをせず、陽に灼《や》け風にさらされると、女の顔はこういう風になるのか。おばさんは居直っているように見えた。

「冷えて大変でしょ」

「女にゃ無理だね」

おばさんは、休んでいる隣りのおばさんの席をちらりと見てこう言ってから、

「それよか、こっちがこたえるよ」

手で、おむすびを握るしぐさをしてみせた。

「これだけは駄目だね」

クリームのしみ込んだおばさんの手は、甲虫《かぶとむし》の背中のようにテカテカに光っていた。黒と茶のクリームが爪の間にまでしみ込んで、革細工の手に見えた。なるほど、この手でおむすびは握れない。おばさんは笑うと金歯が光った。

おばさんの中でただひとつ不似合いなのは髪であった。明らかに美容院でセットした髪が、ナイロンのスカーフで大事そうに被《おお》われていた。それだけがおばさんの心意気に思われた。

そんな風にして、二、三年が過ぎたような気がする。

おばさんは相変らず突っけんどんな口を利《き》きながらブラシを動かし、威勢の悪いおばさんはいつまでたっても仕事に馴《な》れず時々休み、管理人のおじさんはふたりを、特に古いおばさんをいじめていた。

俄《にわ》か雨に降られて、おばさんがビルの下のあるかないかの庇《ひさし》の下で道具を抱えて雨やどりしていても、おじさんは知らん顔であった。見えているのだから、管理人室へ入れてやればいいのにと思うのだが、横を向いて煙草をすっていた。

ある時、私は仕事で浅草へゆき、ついでに観音様にお詣りしようと仲見世を歩いたことがある。初夏の夕方だったと思う。

ウインドーを見ている男女二人連れのうしろ姿を見て、足がとまった。

おばさんとおじさんであった。

おばさんはおじさんの背広の裾を、お絞りのようにねじって、子供のようにしっかりつかんでいた。黒いレースの木綿の手袋をしている。甲虫の背中のように光るおばさんの手は普通の女の手に見えた。おじさんと顔を見合せて、金歯を見せて笑っている。おじさんは、顎しか見えなかった。小男のおじさんとふた廻りも大きいおばさんが、浅草寺の方へゆっくりと歩いてゆく。私は少し迷ってから、ここでお詣りを済ませることにした。仲見世のまんなかあたりで立ちどまり、本堂に向って頭を下げて帰ってきた。

それから三年ほど、この職場にいたのだが、私の見る限りおばさんとおじさんの態度は前と少しも変らなかった。雨が降ると、おばさんは相変らず道具を抱えてビルの庇で雨やどりをしていたし、おじさんは横を向いて顎で煙草をすっていた。

金覚寺

「お嬢さん」と書くところを「お嫌さん」と書いてしまったことがある。出版社に勤めていた時分だが、しばらくの間「おイヤさん」と呼ばれて、きまりの悪い思いをした。深層心理などというご大層なことを言うつもりはないが、この間違いは少しばかり身に覚えがある。

短気横暴ワンマンの父にどなられて育ったせいであろう、私は子供の頃、親に向って嫌と言ったことがなかった。言いたくても言えなかった。同じ年格好の女の子が、父親に向って「嫌よ」「嫌だ」と拗《す》ねているのを見ると、うちには無い豊かなものを感じて羨《うらやま》しく思った。嫌という字とお嬢さんの嬢の字は、私の幼時体験の中で一緒なのかも知れない。

親に何か言われたら、大きな声で「ハイ」と返事をしないと叱られるのだが子供心に不服は声に出たらしい。父に、

「嫌だと思ったら、その分だけ大きな声で気持よく返事をしろ」

とどなられた。

この叱責は妙に心に残ったらしく、私は今でも、鬱陶《うっとう》しい頼みごとだな、出来たら勘弁して欲しいなと思った途端、口は気持を裏切って、

「出来るだけのことをしてみましょう」

などと、機嫌のいい声で調子のいい返事をしている。「断り上手も芸のうち」と思うのだが、いつも後の祭りなのである。

昔お世話になった人に、その青年の就職を頼まれた時もそうであった。

大学中退。二十三歳。色白骨細。育ちのよさそうな美青年である。どうしてもテレビのカメラマンになりたいという。専門教育を受けていないのだし、今からでは、万一入れても助手の仕事しかないと思う、地味なキツい職業ですよと念を押すのだが、本人はテーブルの上に履歴書を乗せ、礼儀正しい物腰で「お願いします」一点張である。

身長は百八十センチだという。見かけは五センチほど低いような気がしたが、近頃の若い人達は靴の踵《かかと》コミで計るのであろう。語尾の甘えた響きと小指の爪を長く伸ばしているのが気に入らなかったが、履歴書の「自己の主義・生活信条」という欄に、

「他人に迷惑をかけない」

とあるのを信用して、テレビ局の下請け会社の友人に頭を下げることにした。服装は最新流行のもの揃《ぞろ》いで一分の隙もなかったが、「愛読書」の欄には、

「三島由紀夫の金閣寺」

と書いてあった。


ひと月ほどしてテレビ局に用があった。エレベーターのボタンを押そうとしたら、横から男の手が伸びて、私の手の上から重ねるようにボタンを押している。

「金覚寺」であった。

グレイのカストロ首相のような服を着ている。程よく汚れとしみがつき、身なりだけ見れば一人前のカメラマンであった。人なつっこく笑いかけ、人気タレントの名前を二、三人あげて、いま、その人達を撮《うつ》してきたところです、と張り切っている。少し上っ調子なものを感じたが、入社一カ月ならこの位は仕方がない。この時、彼が内股《うちまた》なのに気がついた。


それから三月位あとだろうか。世話をした友人に電話をして様子を聞いたところ、

「あれ、何にも聞いてないの?」と言われてしまった。

彼は一月前に辞めていた。労働条件と待遇が悪いというのが理由であった。私は到来

物のウイスキーを包み直して詫びに行った。そんなことになりそうな予感がしていたせいか、あまり腹も立たなかった。

風の強い寒い晩だったから、更にこの半年先のことである。夜中の一時過ぎに電話があった。聞き馴《な》れない男の声が、

「ぼく、もう死んでしまおうと思います」

という。あの青年である。

何をやってもうまくゆかない。通訳やメーキャップ・アーチストになりたいが、すぐ金にならない。月二十万円はかかるので暮してゆけない。こうなったら、自殺するかホスト・クラブに勤めるしかないと泣き声を出している。

どうやら、他人《ひと》に答を出させて、ホスト・クラブに勤めたいというのが本心らしい。

私は腹が立ってきた。

子供時代の「返事のいい邦子ちゃん」も、もう不惑《ふわく》を越えている。第一、二度しか逢ったこともない人間に、夜中に生き死にを相談されるほど、私はエラくない。

あなたの生活信条は、他人に迷惑をかけないことではなかったのか、自分でお決めなさいと突っぱねた。突っぱねたようなものの気になって、礼状の住所から親許の電話を調べ、気をつけて下さいと報告をした。彼は金のことばかり言っていた。私のお嫌《いや》さんではないが「金覚寺」は金銭感覚の略のように思われた。

私は数字や日附音痴なので、大体の見当でいうのだが、それから二年ほどあとではなかったかと思う。

買物で丸の内のビル街を歩いていたら、テレビのロケをしているのにぶつかった。若い女のタレントと腕を組んで、カメラに向って歩いてくる背広の青年は、あの金覚寺であった。彼は目ざとく私を見つけ、カットになると、すぐに飛んできた。開口一番、

「ぼくのテレビ、見て下さってます？」

クイズ番組で、賞品を渡す係として毎週登場しているという。いま撮しているのはCMフィルムで、何とかいうディレクターに目をかけてもらってますと嬉しそうに報告してくれたが、いつぞやの自殺騒ぎはケロリと忘れているようであった。

ライトが整い、彼は再びカメラの前に立った。ヨーイ本番の声がかかるひと呼吸前に、人垣の中にいる私に向って手を振った。私も小さく手を振った。

抜けるような晴れた日であった。高層ビルのガラス窓が、刺すように眩《まぶ》しく光っていた。私も二十代には、こういう風にして人に迷惑をかけたのかも知れない。

歩きはじめた金覚寺はあの日テレビ局の廊下で見かけたと同じ内股であった。

こういう青年が増えている。男は外股、女は内股の時代はもう終ったのである。金覚寺は、その後テレビでも見かけないが、或日突然、何かの主役に抜擢《ばってき》されて一躍スター

になっても、私はもう驚かないであろう。内股の男が増えているのはいいことかも知れない。少なくとも彼等は戦争は起さない。小さな迷惑をかけても大きな迷惑はかけないからである。

カバー・ガール

うちの本棚の本は、みな裸でならんでいる。

本を買うとまず腰巻を脱がす。腰巻というのは、本の下半身に巻きついている細長い帯である。次に外箱を捨てカバーを捨てる。中には捨てるにしのびないようないい装幀のもあるが、心を鬼にして紙屑籠にほうりこむ。ほうりこんだものの心が残り、拾い上げて取って置くのもあるが、大抵は目をつぶって捨てることにしている。中にはさまっている、本の整理番号などを書いた栞《しおり》も抜き取って、もうこれ以上はがすものはないという状態にしてからページを開く。

心を静めて二、三行読みはじめると、部屋の隅から、「ジョワジョワジョワ」と音がする。何事ならんと目を凝らすと、つい今しがたひんむいて叩き捨てたビニール・カバーが恨みをこめて紙屑籠の中で起《た》ち上っていたりして、深夜、肝《きも》を冷やすこともあるが、とにかく、カバーがついていると落着かないのである。ページをめくる時に音がする。

気が散って身が入らない。これでは著者に申しわけないような気がして――というのは口実で、つまり私はカバーというものが嫌いな人種なのであろう。

たばこを口にくわえマッチを擦《す》ろうとすると、

「あ、ちょっと待って」

といいながら、内ポケットに手を入れる男性がいる。ご自慢のライターを取り出すのだが、このダンヒルだかカルチエのいかにも高価そうなライターは決してむき出しでは入っていない。美しいネルの袋に入り、さらに皮のケースに納まっている。彼がダブル・カバーから取り出す間、私はたばこをくわえて待っているので、口許のところが濡れてしまう。こういう人は、新しい車を買っても座席をおおったビニール・カバーをむしり取らない人である。黒く汚れてゴワゴワになってもそのままにして走っている。

会社へくるとまず靴を脱いでデスクの下の靴の箱に仕舞ってサンダルにはき替え、腕には黒い袖口カバーをはめる。椅子には愛妻の手製らしい座布団が――大抵、子供達の服の余り布を寄せ集めたものに白い木綿のカバーと相場が決っている。机の抽斗《ひきだし》は整然と片づいている。時にはお弁当を持ってくる。「夕方ところにより俄《にわ》か雨」という予報が出ると、一人だけ傘を抱えて出勤するのもこういう人である。

電話代を借りても必ず返す。お説教が長い。鉛筆は2Bなどは使わずHBか2Hを使う。字も小さい。使い込みもしない代り重役にもならない——といったら言い過ぎかしら。

此《こ》の頃は見かけなくなったが、ビニール製品が出たての頃は、傘や中折れ帽にまでカバーというのがあった。多分、こういうかたのために作られたものであろう。

二十代にお見合いをしたことがある。

知人の家でそれとなく、という段取りであったが、あいにく暴風雨とぶつかってしまった。一足遅れて玄関へ入ると、相手はつい今しがた着いたところである。体の大きな青年だったが、まだ正式に紹介されないので私に会釈《えしやく》をしながら、傘を逆さにして傘立てに入れている。傘は水気が集るので根もとのところから傷むのである。物持ちのいい人だなと感心しながら足許を見たら、靴には黒いビニールの靴カバーがかかっていた。上らないで帰ろうかなと思った。私はかなりお調子者で、何回も転校転居をしているせいか順応性も強い方だと思うのだが、この手の男だけは苦手である。こういう人とは一緒になっても離縁されるか私が飛び出すかどっちかであろう。

テレビ・ドラマの打ち合せの時、小道具さんにいつもひとつだけお願いをする。電話機にカバーをかけないで下さい、特に花模様だったりすると、犬の洋服みたいで駄目なんですと我がままを言うのだが、我ながら女らしくないな、と思ってしまう。

カバーをかける男は性に合わないけれど、暮しの中のこまやかなものに覆《おお》いをかけ、大事にして暮す女は、同性として大好きである。この次生れたら、そういう生き方もいいなと思う。古い友人のフミ子もそのク、チ、である。

三十何年前のスローガンに「撃ちてしやまん」というのがあったが、フミ子の場合は「覆いてしやまん」であろう。とにかくあらゆるものにカバーをかけないと落着かないのである。

テーブルにはテーブル掛け。その上にテーブル・センターである。テレビにも三面鏡にもカバーがかかっている。籐《とう》で出来た屑籠にもビニールのカバーがかかっているのである。それだけではない。中にもビニールの袋が入っており、その中にもう一枚、本か何か送ってきたハトロン紙の袋がスポッと納まっている。ゴミはその袋ごと捨てる仕掛けらしい。ピアノは勿論《もちろん》、黒いピアノ・カバーで覆われているのだが、その上のフランス人形もビニールの大風呂敷にくるまっている。下から包むようにして覆い、人形の頭の上で絞るようにして、リボンで結んである。ビニール越しのせいか人形の顔は神秘的に見えた。このビニールは、誰が来ても取らないのであろうか。天皇陛下が見えたら取るのかな、と思ったが、郊外の団地に陛下がおいでになることはまずないから、多分永久にそのままであろう。あとさきになったが、椅子も勿論白い糊《のり》の利《き》いたカバーで覆われている。

何回目かに訪ねた時、

「ねえ、この椅子、下は何色なの」

とたずねたら、フミ子は一瞬、絶句して目を宙に泳がせた。自分のうちの家具だが、咄嗟《とっさ》には色も模様も思い出せないようであった。

フミ子に男の子が生れた。

お祝いにおしめカバーを贈ろうと思いながら、つい仕事にかまけて日が経ってしまった。

「もう這《は》い這いをするのよ。あぶなくて、おちおち編物も出来やしない。仕方がないからベビー・サークルを買ったの」

と電話でボヤいている。フミ子は閑があると、靴下の上にはくカバーや、椅子の頭があたるところへのせるカバーを編んでいるのである。どう頑張ってもカバーの作れない、ひと抱えもある熊の縫いぐるみを持って、遅まきながらお祝いに出かけていった。団地のドアをあけて、私はアッと声を上げてしまった。

たしかにベビー・サークルがある。ただし、その中にいるのはフミ子である。肝心の赤ん坊は、ベビー・サークルの外で、ビニールのよだれかけをしながら這い這いをしている。

フミ子は、自分のまわりにカバーをしているのであった。

キャベツ猫

犬や猫にも食物の好き嫌いがある。

以前うちで飼っていた犬は、アイスキャンデーに目がなかった。由緒正しい甲《か》斐《い》狛《こま》の牡《おす》で「向田鉄《てつ》」という強そうな名前を持っていたが、おもてにアイスキャンデー売りの鈴の音がすると、もう居ても立っても居られなくなる。

「ウォーンウオンウオンウオオンオン」

昼日中から奇妙な声で遠吠えをはじめる。おしまいの一小節は森進一のようなトレモロになり買って貰えるまで止《や》めないのである。キャンデー売りの方も心得たもので、うちの門の前に自転車を停めてチリンチリンとやっている。

夏場になると毎日のことだから、母も私も叱ったり知らん顔をしたりするのだが、結局は隣り近所の手前買わないわけにはいかない。鉄はピチャピチャ音を立てて舐《な》め、うす赤く染まった割箸を犬小屋の下に埋めてコレクションをしていた。

友人のところの猫は、桃の罐詰《かんづめ》を開けると嬉しさのあまり腰が抜けたようになるし、うちの猫は誰かが品川巻を食べていると、欲しくて欲しくて取り乱してしまう。ただし、食べるのは海苔だけで、煎餅《せんべい》の方は残してしまう。猫の分際で何という冥利《みょうり》の悪いことをするんだと、押えつけて口に押し込んだら、したたかに引っかかれて、その時の傷が鼻の頭にまだ残っている。

知り合いの大杉さんのところのシャム猫は変っていて、キャベツが大の好物である。台所の野菜籠の中のキャベツを見ても身悶えして啼《な》くというのである。

「キャベツ猫」

とからかっていたが、飼主の大杉さんの調査によると、これには哀しい物語があるという。この猫は街のなんとかケンネルというペット・ショップで買ったのだが、そこで茹《ゆ》でたキャベツを肉に混ぜた餌を与えられていたらしい。猫は生後二カ月から三カ月で売らないと新しい飼主になつかない。売れ残りそうになると肉を減らしキャベツを混ぜて発育を遅らせ、血統書の生年月日のサバを読んでいたらしいというのである。

そういわれて見るせいか、キャベツ猫は柄の割りにヒネていた。人の顔色を見い見い甘えているところがあった。

「おなかを出して搔《か》かせていても咳払いをするとビクッとしているのが判るのよ。もとのところで人間を信用していないなあ、このキャベツは」

大杉さんもそう言っていた。

あるプロデューサーが、ある美人女優を評して、

「夜店のヒヨコ」

と言ったことがある。

子役からのし上り、美貌とカンのよさでゆるぎない地位を築いているのに、いつも何かにおびえている。キョロキョロして落着かない。社交的でざっくばらんで気取りがないから現場のスタッフにも評判がよく憧《あこが》れる男たちも多いが、本当のところは不安で胸をドキドキさせながらまわりを見廻しているところがある。本当に笑ってはいないというのである。

私は二度ほどこの女優とテレビ局の喫茶室でお茶を飲んだことがある。彼女は私に椅子をすすめて席についた。それは喫茶室の入口を一目で見渡せる位置であった。

私の話に、こっちが当惑するほど過分に感心し相槌《あいづち》を打ち、美しい手つきでコーヒー茶碗をもてあそびながら、目は決して私だけを見てはいない、私にひたと目を向けていながら、時折入口の方に向って目が泳いでいる。顔見知りのプロデューサーやディレクター、タレントが入ってくると、さっと片手を上げ、指先と目の表情だけでちょっと挨拶する。

「お久しぶり」

「いいじゃない、その服」

「聞いたわよ……」

「あとで――ね」

私の話に感心しながら、どうもこんなメッセージを入ってくる相手に瞬間に伝えているらしい。手話というのは聞いたことがあるが、眼話というのは初めてであった。二度が二度ともそうであった。

私は天秤にかけられ、ないがしろにされたわけだから腹を立ててもいいわけだが、そんな気持になれなかった。むしろ、心を打たれた。彼女はこの姿勢で這《は》い上ってきたのだ。おそらく恋人と一緒であっても、喫茶店で入口に背を向けて坐ることはないであろう。いつ何時《なんどき》、彼女にとって役に立つ人物が入ってこないとも限らない。見落してはならないのである。この人に心の安らぐ時があるのだろうか。この人の一番の好物はラーメンである。

「三日食べないと蕁麻疹《じんましん》が出るんですよ」

大女優はざっくばらんな口調で、あなたにだけ本当のことを白状するんですよ、という風に笑ってみせた。笑いながらも、やはり喫茶室の入口から目をそらしていなかった。

キャベツ猫は今年十三歳になった。育ち盛りにキャベツを食べさせられたせいか、小柄でほっそりしている。そのせいか、お婆ちゃんになったがゼイ肉もなくすこぶる元気である。

三匹の若い猫と暮しているが、今でも一番先に餌を食べないと機嫌が悪い。生命力旺盛《おうせい》で、猫テンパーが猛威を振るい一緒にいた猫たちが全滅した時も彼女だけは生き残った。ひどい怪我《けが》をしてお尻っぺたに穴があき、大杉さん手製の「カレーと珈琲《コーヒー》」と染め抜いたパンツ（開店披露の布巾《ふきん》で作ったらしい）をはいていたが、三年目に肉がアガっていまは傷のあともない。

それにひきかえ、肉が好きで魚が好きでアイスキャンデーが好きだったうちの鉄は、二年でジステンパーに斃《たお》れてしまった。

彼はさる犬好きの名家で乳母日傘《おんばひがさ》で育ち、食べ馴《な》れた自分の食器持参で、家族やお手伝いさんたちに涙で見送られて、うちへ貰われてきたのである。おっとりした性格でどこか諦めのいいところがあった。喧嘩もやれば強いのだろうが、「もういいや」というところがあった。さもしさが足りなかった。病気になった時、祈るような気持で口の中に押込んだ薬の粒を、面倒くさそうにプイと吐き出した。「もういいじゃないですか」という風に、私の膝の上で目を閉じた。運命に爪を立て、歯を食いしばって這い上るのは彼の趣味ではないようであった。

動物も俳優も、美食家より粗食の方が強いような気がする。ラーメンの好きな「夜店のヒヨコ」――いや大女優も勿論《もちろん》健在である。

道を聞く

明治神宮の表参道に近いところに住んでいるせいであろう、三日に一度は道を聞かれる。

近くに名園とお茶席を持つ美術館、結婚式場が三つばかりある上に、私の住んでいるマンションの隣りのビルに、地下鉄の出口が出来てしまったのである。

買物に出かけようか、とマンションのドアを出ると、地下鉄の階段を上ってきたらしい和服の女性の一団が固まって何やら相談をしている。長年の経験で、くるな、と思う。案の定で、

「根津美術館はどっちですか」

勿論《もちろん》、教えて差し上げるが、この場合、「有難う」といわれるのは、三組のうち一組である。

「なあんだ。やっぱりそうじゃない」

「あってたのよ」

「×ちゃんが変なことというんだもの」

肩をぶつけあい、ふざけながら行ってしまう。あの集団が、三十分後には作法にのっとってお茶をたてているかと思うと不思議な気になるが、この人たちも団体でなく一人だと礼儀正しい。

統計をとったわけではないが、妙に道を聞かれる日と、絶対にその種のおたずねのない日のあるのに気がついた。

聞かれる日は、普段着で、時間のゆとりのある日である。反対に、少し改まった外出着で出かける時、締切に追われて、せかせかしている時、考えごとをしたり気持の晴れない日は、まず呼びとめられることはない。

考えてみれば当り前で、私も人に道をたずねる場合、地元の人で、声のかけいい人、教えてくれそうな人を、瞬間的に選んでたずねている。陰気な人、理屈っぽそうな人、気むずかしい人を避けている。一日に二度も三度も同じことを答えるのは億劫《おっくう》なことも あるが、気のいいおばさんに見ていただいた光栄を思って出来るだけ親切に答えねばならないなと、自分に言い聞かせている。それでも虫の居所が悪いと、あれは浅草だったか、道を聞こうとのぞいた四つ角の文房具屋に、

「道教え、一回十円いただきます」

と書いたボール紙がぶら下っていたのを思い出して、年をとって気むずかしくなったら、あれを首に下げて歩こうか、と思ったりする。

おととしのお正月、ひる過ぎに年賀状を出しにおもてへ出たら、老夫婦に明治神宮への道をたずねられた。八王子から初詣に出て来たのだという。地下鉄の降車駅を間違えたらしく、七十は大分過ぎている小柄なふたりは、かなりくたびれていた。

私は道にしゃがみこみ、何度もくわしく道を教えた。

「おわかりですか」

とたずねると、わかったというので、立ち上ってゆきかけ、心配になってふりかえると、老夫婦も立ちどまって、こちらを向いて相談をしている。まだわからないのかともう一度近寄ったところ、夫人の方が、こう言うのである。

「お時間があったら、一緒におまいりしてもらえないですかねえ。ごはん、ご馳走しますけど」

ここに住んで十年になるが、食事つきの道案内をたのまれたのは、はじめてであった。

今年のはじめの、寒い晩だったが、神田駿河台で道に迷ったことがあった。仲間うちの小さな集りに出かけたのだが、会場の地図をうちに置いてきてしまい、あやふやな心覚えだけで探し探し行くうちに見当が狂ってしまったのである。

交番もなければ商店もない。困ったな、と思って立っていたら、学生が通りかかった。若い人にしては小柄で当りがやわらかそうである。

幸いその場所を知っていて、理路整然と教えてくれた。眼鏡の奥に細い目があり、唇をなめる癖があった。教え方から、理数科系の学生だなと見当がついた。

礼を言って、言われた通りに歩き出したのだが、これはかなり歩いてから全然違っていることに気がついた。仕方がないので、もう一度聞こうと思い、通りがかりの人をよびとめようとした。そこで気がついたのだが、さっき私に道を教えた学生が私のすこしうしろに立っているのである。

たとえ間違っていたとは言え、一度道をたずねた人の前で、また別の人に道を聞くというのは、見ている前で浮気をするようで気がひける。ひとこと断わりを言わなくては、と言葉を探していたら、彼の方から近寄ってきた。

「やっぱり違ってましたか」

というのである。

実は、さっき教えた時、少しあぶないなと思った。心配になったので、あとからついて来たのだが、どうもすみません、と唇をなめなめ、笑いもしないで言うのである。

さっき道を教わった場所からここまで、私が迷い迷いくるのを、声もかけずずっとうしろからついて来たというのは、有難いというよりすこし薄気味が悪いような気がするが、よく考えれば、良心的と言えないこともない。責任を感じている風なので誰かに道をたずねてくれるのかなと思ったが、別にそうでもなく、ただ、そばに立っているだけである。

結局、私は、少し歩いて商店をみつけ、判りにくい場所にある、しもた屋風の料理屋をやっとみつけたのだが、その学生は私の一、二メートルばかりあとを一緒に歩いてきた。

その間、別にはなしもせず、ただ足音だけがついて来た。

私はその家に入るとき、ふり向いて、彼に小さく頭を下げた。街灯の下に立っていた彼は、頭は下げず、くるりとうしろを向けて来た道を帰って行った。見えなかったが、また唇をなめているな、と思った。この学生の気持は、いま考えてもよく判らない。

五年ばかり前だったろうか、夜十一時頃、渋谷の道玄坂の中ほどで、かなり酔った初老の男に道をたずねられたことがあった。

「ここは新宿ですか、渋谷ですか」

前後に揺れながら、その人はこうたずねた。私が答えるより早く、私の連れの男性がこう教えた。

「ここは渋谷ですよ」

初老の男は、敬礼をして、フラフラと揺れながら行ってしまったが、私は、国家公務員のその連れに文句を言った。

「何て勿体《もったい》ないことをなさるの。ここは渋谷か新宿かなんて面白いこと聞かれるのは一生に一度しかないんだから、もっと凝った答をしなくちゃ」

「では何というの」

と聞かれ、

「私だったら新宿と言うわね」

と答えてしまったが、これはアルコールの勢いというもので、ほかのことは何ひとつ人に教えることが出来ないから、せめて道だけは嘘を言わずに答えているのである。

目覚時計

渋原夫人から電話があった。夜更けのベルは、気のせいか大きく意味ありげに響く。

「明日の朝七時なんだけど、いい？」

私はいいわよと答えた。その時刻に電話で起して欲しいというのである。

渋原氏は、日本でも有数の発行部数を誇る雑誌の編集長である。夫人も物を書く人で、私はこの人の人柄も文章も大好きで、つかず離れずの長いつきあいが続いている。この夫婦は二人とも腕時計というものを持っていなかった。腕時計だけではない、置時計も掛時計も勿論《もちろん》目覚時計もないのである。食道楽のうちだから、時計の分も食べてしまったのかも知れない。

私も腕時計は持たない主義だが、目覚時計だけは持っている。今までにも何度かモーニング・コールを引き受けたことがあるので格別驚かず、次の朝約束通り七時に電話を掛けた。

電話に出たのはご主人で「お手数を掛けて誠に恐縮であります」と寝呆《ねぼ》け声で行届いたご挨拶があった。役目を果したので安心して、朝刊でも読もうかと立ちかけたら、電話が鳴った。今度は夫人である。

「起してもらって文句を言って悪いけど、あなたも気が利《き》かないわね」

中《ちゅう》っ腹《ぱら》な声である。全然意味が判らない。

「雨が降っているじゃないの」

電話機を手にしたまま体を伸し、足の爪先でカーテンを開けたら、なるほど外はどしゃ降りである。

「雨が降ると野球は出来ないのよ」

ご主人が会社対抗の野球の試合に出るため、モーニング・コールを頼んだというのである。

渋原夫妻ほどではないが、私の廻りには腕時計を持たない人間が多い。あるディレクターは、気の張る相手と正午に逢う約束をして街を歩いていたが、ふとのぞいた八百屋の時計がまさに正午を指している。飛び上り十メートルほど全力疾走してから、いま見たのは時計ではなく秤《はかり》であることに気づいたという。またあるプロデューサーは、五時の約束でタクシーに乗り、車内のデジタル時計が五時十分であると知って愕然《がくぜん》としたが、次の瞬間、時計ではなく五百十円を示すメーターであることを知り、もう一度愕然としたと言っていた。

まさかとおっしゃるのは、常日頃、腕時計を持っておいでの方である。腕時計を持たない人間は、時を超越しているかのように悠然と振舞っていながら、時にはひそかに目を四方に配って、巾着切《きんちゃくき》りのような目付で時計を探すことがある。

「人生到ルトコロ時計アリ」

十人のうち七人は腕時計をしていると思うとこれが大きに間違いで、こっちが覗《のぞ》いていると知るとわざと見えにくいように手首をひねったりする方もおいでになる。月賦で無理した高い時計を他人に減価償却《げんかしょうきゃく》されるのが癪《しゃく》なのであろう。

そこへゆくと時計屋は間違いないというのは素人というもので、あんなにアテにならないものもない。

「時計屋の時計春の夜どれがほんと」

こういう句をよまれたところを見ると、久保田万太郎先生も腕時計を持っていらっしゃらなかったのではないか。

時計屋をやろうというほどの人物はみな几帳面《きちょうめん》で、店中の時計を一分一秒の狂いもなく、キチンと合せて置くものと思っていたが違うのである。私はまだ、店中の時計がみな正確に同じ時を示しているという時計屋を見たことがない。

我家で時計といえるのは目覚時計ぐらいだが、買う時には随分あちこちの店を探し、ベルの音を何回も聞いてこれに決めた。

リーンと可愛らしい音で鳴るのもあったが、デパートの館内放送のアナウンス嬢の、やや人工的な作り声みたいで、これはやめにした。かといって情け容赦《ようしや》もなく、嚙《か》みつくように、わめくタイプも、使っているうちに小面《こづら》憎くなりそうである。

結局、ビッグ・ベンという英国製のが、造りもシンプルであるし、声も（音もという方が正確だが）重厚にしてそっけなく、威圧感がありながらあたたかくて気に入った。

「起きなさい」

志村喬氏に英語でこういわれているようで、こっちも、

「イエス・サー」

びっくりしてはね起きそうな気がしたのである。ところが、折角《せっかく》のビッグ・ベンのベルの音を、私は殆《ほとん》ど聞いたことがない。

目覚は毎晩ではないが、掛けるのである。ずぼらなたちで、いつも仕残した仕事がある。明日の朝こそ早く起きて、と六時半か七時にセットしてベッドに入る。

目覚時計の効果はてき面で、掛けた時刻の十分か十五分前に必ず目が覚める。どういうわけかはね起きて、

「あ、よかった。間に合った」

胸をなでおろしながら、目覚時計のベルをオフにして、とめてしまうのである。

どんないい音でも、私は目覚時計のベルの音が嫌なのである。眠りの終りを、いきなりワッと驚かされて、ビクッとして起きるというのが、気に入らない。人と生れながら、こんな小さな機械に叩き起されるというのが、口惜《くちお》しい気がする。

というのは口実で、本当はその瞬間がこわいのである。

目覚時計のベルを聞くのが嫌なように、落ちるのが嫌だから、今まで懸賞やコンクールに応募したことがない。スポーツは別だが、人でも物でもギリギリのところで争った覚えがない。ドタン場に身をさらす度胸がないので、欲しいくせに自分でストップをかけてしまうのである。

だからいい年をして、こんなところでモタモタしているのだと自分を叱りながら、やはりいつも十分か十五分前に目を覚まし、ベルが鳴らないようにセットしてしまう。ベルが鳴る前に起きようと、気持の奥の方が緊張するのであろう、目覚をかけて寝た夜は、どうもゆっくりと眠った気がしない。まだ十五分あるのだから、ほんの五分ほど眠ろう。いつもそう思ってまた横になる。そして、大抵大寝坊をしてしまうのである。

こういう癖は私だけかと思ったら、そうでもないらしい。目覚をかけながら絶対にベルを鳴らさず、目覚をかけた朝ほど寝坊をする。ご恩になっていながら、目覚時計を目の仇《かたき》にして恨み、邪険《じやけん》に扱っている人間がかなりいる。私と同じように懸賞やタイトル・マッチを逃げ、目の覚めるような進歩発展はなくともよいから、ドキッとしないで世渡りしてゆきたいと願う気の小さい人間が。

静岡県日光市

野猿が姿を見せるので人気のあるハイ・ウェイがある。

遠方からの客が、どうしても猿を見たいので案内して欲しいと言い出したが、生憎《あいにく》シーズン・オフで猿は山籠りの最中であった。いま行っても出てきませんよ、と説明したが、とにかく見たい、一匹ぐらいは出てくるだろうと客もあとへ引かない。

仕方がないので出かけて行った。猿が出るあたりで車をとめ、窓をあけて、

「猿が出た！」

と叫んで、かねて用意のものを道端にほうり出した。お馴《な》染《じ》みのティンパニーを叩く猿の玩具である。

黄色いビロードの猿は、すっとぼけた顔で、灰色の冬山を背にしてティンパニーを叩いていたそうだ。

北陸放送の金森千栄子プロデューサーに伺った話だが、人を喜ばせるのも大変だなあ、

と感心した。感心しながら、ティンパニーを叩く猿のあのギクシャクした動きはどこかで見たことがある、誰かに似ている、と気がついた。小学校の時一緒だった男の子河原崎君の笑う時にそっくりなのだ。

河原崎君は、大きな自転車屋のひとり息子だった。クラスで一番背が高く目方も重かった。色が白くプックリと肥っていた。勉強の方も一番であった。やさしい人柄で人望もあつかったから、いつも級長だったが、ちょっと変ったところがあった。極端な偏食で、うどんと白いごはんだけを好み、色のついたおかずを食べることが出来なかった。

ひどい音痴であり、運動神経というものを全く持ち合せていなかった。バウンドするボールを取ることが出来なかった。

「前へ進め」

の号令がかかると、彼の右手と左手、右足と左足は、主人の意志を無視して一遍《いっぺん》に前進を始めるらしく、よくツンのめっていた。

腕時計をはめて来たのはクラスで彼が一番早かったのだが、ギッシリとご飯だけをつめたドカ弁を手で抱えるようにして食べている河原崎君に、クラスメートが、

「いま何時？」

とたずねる。

河原崎君は、聞かれた瞬間に答えなくては申しわけないという風に、泡くって左手首をひねって外側の腕時計の文字盤を見る。途端に弁当箱は逆さになり、中のものは机や膝の上に散乱してしまう。一度や二度ではなかったという。たずねる方は面白半分だが、河原崎君は真剣だった。引っくりかえすと判っていながら、気持と手首の方が先に動いていたのかも知れない。

私はすぐに転校してしまったので、このあとのことをくわしくは知らないが、白くふくらんでいた河原崎君は、間もなく腎臓を患《わずら》い、敗戦を知らずに亡くなったという。

彼は他人にない素晴しいものを満ち溢《あふ》れるほど持ってもいたが、生きてゆくために、チョコマカと要領よく立ち廻るために必要な部品がひとつ欠けていた。

天才といわれる人には、こういう人が多いのではないか。私はキリストの像を見ると(不信心なせいもあるのだが)、人に時間をたずねられると、手首をひねって、弁当箱をひっくりかえしてしまう人のように思えて仕方がない。

聡明な女が増えて来た。

料理がうまく趣味もよく話題も豊富で、いくつになっても充分に魅力的である。私は女の癖に女を信じない昔人間だが、それでも、此《こ》の頃は、いいな、と思う女が増えてきた。

しかし、ただひとつ、地理と地図を書くことに於《お》いては、女はまだまだ発展途上国である。

随分前のはなしだが、友人の村瀬悦子は、日光に住む友人に、

静岡県日光市

と宛名を書いて投函した。日光はご存知の通り栃木県である。

受取った方は、カン違いかジョークと思い、証拠の封筒を手に本人に問いただしたところ、キョトンとしている。

「いつ栃木に越したの？」

という顔をしていたそうである。彼女は本当に知らなかったのだ。

「だって日光は東照宮のあるとこでしょ。東照宮は徳川家康を祀《まつ》った神社でしょ。家康の居城は駿府《すんぷ》、いまの静岡じゃないの。どしてそんな離れたところにつくるの？　不便じゃないの」

静岡につくる方が自然である。故人の霊だって、きっと自分の故郷でねむりたいと思っているにちがいないというのである。

「でも、日光っていえば中禅寺湖《ちゅうぜんじこ》……」

と私は言いかけたが、彼女は終りまで言わせず、

「日光――日の光という名前からして、静岡にふさわしいじゃないの。みかんも石垣苺《いちご》も日の光が沢山《たくさん》あたればこそ出来るわけでしょ」

どう考えたって自分のカンの方が正しいと言い張ってゆずらない。三十年にわたって日光は静岡県と思って生きてきたのだから、急に言っても、方向転換が出来ないのであろう。

日本国内でもこの騒ぎである。これが外国ともなると、地理音痴のスケールはまた一段と大きくなってくる。

私は七年ほど前に、ラスベガスを振り出しにペルー、カリブ海のいくつかの島を廻ってジャマイカへ飛び、マイアミからポルトガル、スペインを経てパリ、ロンドン、モスクワと、まるで地球を蛸《たこ》の頭とすると、斜めに鉢巻をした按配《あんばい》にかけ足で廻ってきた。

東京で留守番役の老いた母に小さな地球儀を贈り、いま自分の娘がどの辺りにいるか勉強して頂戴《ちょうだい》よ、と言って聞かせた。

「ほんとにペルーは日本の裏側だねえ」

と感心するので、ことのついでに、

「地球の裏側」

とあだ名のある、名優のことを教えてやった。役柄を掘り下げて掘り下げて考えるの

で、こういうあだ名がついたというと、

「偉いもんだねえ」

感心しながら母は地球儀を廻していた。

それから三年ばかりたって、母は妹をお供に連れて香港へおいしいものを食べに小旅行にゆくことになった。たまたま弟は、商用でハワイへゆくという。

家族が、ハワイ、香港、東京の私と三カ所にわかれて一週間ほど暮すのである。母たちと弟は帰る日取りがほぼ同じになっていた。突然母は、目を輝かせて弟にこう言ったのである。

「ねえ、帰りにどこかで落合おうよ」

ハイドン

フランス人と結婚している友人が、突然電話をかけて来た。

友人のよしみであなたの書くテレビ・ドラマを毎週見ているが、コマーシャルになるとうちの子供たちが笑って仕方がない。何とかしてもらえないかと言うのである。

コマーシャルは、電気製品で、「ピピ」という新製品であったが、これはフランスの幼児語で「おしっこ」という意味だという。

「知らないでつけたのかしら。今からじゃ何とかならないの」

と少し馬鹿にしたような調子で言うので、こちらもいささかムッとして、

「そう言うけど、フランス語の『コマン・タレ・ヴ』だって、日本語の語感ではあまり上品とは言えないのよ」

とやり返したことがあった。

これは別の友人だが、ハイドンと聞くとどうしてもフッと笑ってしまうというのがい

る。頭では有名な作曲家であると判っているし、「おもちゃの交響楽」のレコードも持っているのだが、名前を聞くとまずおかしくなる。筒っぽの木綿の着物を裾短かに着て、前掛けをかけているような気がして仕方がないというのである。

ハイドン、というより「ハイどん」なのである。花登筐《はなとこばこ》氏のドラマに出てくる丁稚《でっち》どんである。顔立ちは別に大村崑《こん》に似ているというほどでもないが、

「ハイどん」

と呼ぶと、

「へーい」

実にいい返事が返ってくるような気がするというのである。この友人は船場《せんば》の商家の娘だが、ハイドン作曲の「驚愕」ではないが、地下のハイドンもさぞびっくりであろう。

マルクス・エンゲルスという人がいる、と長いこと思い込んでいた友人がいる。勿論《もちろん》、カール・マルクスとフリードリッヒ・エンゲルスという二人の人物なのだが、この友人――このての間違いをするのは女に決っている――に言わせると、チョビひげを生やした小男だというのである。

画家が着るようなスモックを着て、ベレー帽をかぶりチョビひげをはやしているという。どうも、映画のグルーチョ・マルクスと一緒くたにしているようであった。こうい

う人は「資本論」というと、チャップリンの「モダン・タイムス」を思い出すのかも知れない。

何かの加減でいっぺんそう思い込むと、なかなか自分のイメージを訂正出来ないというのは、私にも覚えがある。

山内一豊《かずとよ》の妻のはなしというのがある。

夫の馬が見おとりがする。武士の恥というので、持ってきたへそくりをはたいて、いい馬を買ったという美談なのだが、私にはこの一豊の妻のへそくりの仕舞い場所が見えるのである。

それは鏡台の抽斗《ひきだし》である。

左右に二段、真中に大きいのが一段ある。真中には、合せ鏡に使う丸い手鏡やつげの櫛《くし》のひと揃《そろ》い、油気を拭《ぬぐ》う生紙《きがみ》が入っているが、へそくりが入っているのは、ここではない。右側の上の抽斗である。

右側の下の抽斗は少し深くなっていて、ヘチマコロンと椿油が入っていた。その上の小抽斗には、白粉《おしろい》と紅が入っていて、へそくりは、紅刷毛の奥に、白い紙にくるんで入っている。一豊の妻は、ここから出したのである。私には、その手つきまで見えるような気がする。いや、たしかに見た覚えがある。

この鏡台は、母のである。子供の時分、母の留守にいたずらをして開けてみて、お金でも入っているのを見たのであろう。その記憶と一豊の妻のはなしが、いつの間にか結びついてしまったのであろう。私は今でも、山内一豊という名前を聞くと、母の鏡台にかかっていた、鏡台かけの模様、椿油、レートクレームの匂いを思い出してしまう。

護良《もりなが》親王のことを習ったのは、小学校何年のことだったろう。

何回も転校しているので、教えて下さった歴史の先生の名前は忘れてしまったが、後醍醐天皇の皇子で、建武の中興の功労者だが、足利尊氏のため鎌倉に幽閉され、最期を遂げるいきさつ、特に山伏姿に身をやつして苦難の旅をするあたりは、女学生好みの悲劇性もあり、源義経や木村重成《しげなり》とならぶ人気スターなのだが、どうも私はクラスメートほど深い溜息が出ないのである。

この人の背にする笈《おい》には、森永キャラメルが入っているような気がするからである。父の友人に森永製菓につとめる人がおり、いつもおみやげに森永キャラメルをもらっていたので、モリナガ親王と聞いた途端に森永キャラメルがひらめき、以後、頭でどう訂正しても、もとへもどらなくなったのであろう。

「氷の刃《やいば》御腹《はら》に当てて
経巻かづき、かたづをのみて

忍びおはし般若寺《はんにゃじ》あはれ」

という小学唱歌「大塔宮《だいとうのみや》」も、ちゃんと習って歌えるのに、やはり私の護良親王は、森永親王なのである。

息子をどうしても早稲田大学に入れたいと、目を吊り上げて頑張っている友人がいる。

別に早稲田でなくたって、慶応もあれば立教もあるじゃないかと思うのだが、彼女はどうしても早稲田だという。その言い方に妙に力がこもっているので、何か曰《いわ》くがあるのかと問いつめたところ、実は自分でも長いこと気がつかなかったのだけど、と笑いながら、「大学目薬」がいけないのよ、と言う。

子供の頃、茶の間の棚の上に、エビオスやオゾとならんで、「大学目薬」がのっていた。あの角帽をかぶった大学総長のような人物がとても賢い立派な人物に見えた。大学という字もこれで覚えた。彼女にとって、大学というのは、大学目薬の絵であり、あの座布団の格好をした角帽なのである。丸い帽子の慶応義塾大学や立教は、大学ではないのである。

うちの甥《おい》は、やっと口が利《き》けるようになった頃、数字の一を見てＮＨＫと言った。テレビのチャンネルを先に覚えてしまったのである。

私は、一の字はいつどこで、誰に教わったのか記憶がないのだが、一を聞いて十を知るのではなく、一を聞いてＮＨＫを知った世代とは、どうも根本的に違いがあるような気がしている。

金一封

つい先だってのことだが、おめでたい会合があった。発起人《ほっきにん》のひとりとして末席に名を連ねているので、会費は頂戴《ちょうだい》いたしませんということだったが、お世話になっている方でもあり、心ばかりのものを包んで出かけて行った。

会場のホテルに着き、受付が見えたところで、急に心もとなくなった。お金はちゃんと入れただろうか。綺麗なお札を選んで入れたような気もするが、あの前後に電話がかかった。危い。

受付を通りすぎ、ホテルのご不浄へ直行した。洗面所で中を改めようと思ったのだが、同じ会場へ行くらしい知った顔が、鏡に向って化粧直しをしている。そこで改めるのも気がひけるので、仕方なくご不浄の中へ入った。

一般家庭にくらべてホテルのはゆったりしているとは言え、やはりあの小部屋は、まがなくては何も出来ない。心ならずも仁王立ちになって、祝儀袋を改めた。大丈夫、ちゃんと入っている。ところが安心したとたんに、一枚落っことしてしまった。一センチほどの深さにたまった水の上に、裏返しになって浮いているのを反射的につかんでいた。綺麗も汚ないもない。気がついたらつまみ上げていた。ほんの一呼吸ほどだったが、かなり湿っている。

これでは使えない。濡れたお札を下に置き、札入れを出して調べたところ、意地の悪いもので、綺麗なお札は一枚も入ってないのである。仕方がない、これを乾かして使わせていただこう。

私はトイレット・ペーパーを手繰《たぐ》って大量に頂戴して、三重四重に折り畳み、お札の両面から押し当てて水分を取った。それでなくてもあまり人相のよろしくない聖徳太子は、濡れ、こわばったせいか、いつもより更に品が悪く見えた。このあたりで長逗留をとがめるように、外から邪慳《じゃけん》にドアをノックする。

「入ってます!」

叫んでから、おかしくなった。入っていないと思ったが、入っていたのである。そこまではよかったのだが、落っことしてしまったのである。

何度かのノックの屈辱に耐え、汗を掻《か》いて乾かしたものの、お札はいやにそっくりかえっている。考えてみれば、一旦不浄の場所へ墜落したものを祝儀袋にもどそうと思ったほうがどうかしている。結局、よれよれのお札を中に入れ、半乾きの札はまたまた手繰って頂戴したトイレット・ペーパーで二重三重にくるんで、バッグに納めて持って帰った。

この日、スピーチの御指名があったが、もともと下手くそな上にもってきて、狭いところで下を向いていたせいか、のぼせてしまい、お恥しい出来になってしまった。

「何があるか判らないから、綺麗なお札の一枚や二枚持ってなきゃいけないよ」

と言って、帯の間に千円、五千円、一万円のお札を入れ、結局よれよれにしている母を苦労性だと笑っていたが、やはり年寄りの言うことは聞くものだと、この日初めて肝に銘じたことであった。

うちのシャム猫がまたお嫁にゆくことになった。また、と書いたのはこれが二度目だからである。私は、人間も動物も血統なんか大したことないと考えるたちだが、せっかくシャム猫に生れた以上、やはり同族のお婿《むこ》さんが欲しかろうと、獣医さんのおすすめで、しかるべき相手をみつけ、黄道吉日《こうどうきちにち》を選んでお婿さんのうちへ三泊四日ほど足入れ婚をしたわけだが、一回目は不首尾に終った。つまりご懐妊にならないのである。少なくとも三匹は生れるだろうと、仔猫を上げる先を決めたりしていた飼主はあてがはずれてしまった。そこで捲土重来《けんどちょうらい》を期して、もう一度という段取りになったのである。

私は、カステラの折の上にそえた祝儀袋に五千円札を入れた。これは交配料として、牡猫《おすねこ》の飼主にお包みするものである。ただし十年前の相場だが。

入れかけた五千円札を、猫の鼻先でヒラヒラさせてこう演説した。

「お前も毎晩見て知ってるだろう。ひと様が眠っている時にこっちは起きて働いているんだよ。そのお金なんだから、お前も今度こそしっかりやってきてくれなくちゃ困るよ」

この演説が効を奏したとみえて、彼女はみごもった。お婿さんのところから帰ってすこしすると、米粒のようにカチびっていた八個のオッパイが桃色にふくらんで来た。肩で息をして、食べたものを、ケポッと吐いたりしている。おなかもふくれて来て、獣医さんは押したりさすったりして、

「三匹は確実です」

と言う。

大前に約束した友人たちに電話をして、予定日を割出し、(猫は六十四日で生れる)大浮かれに浮かれていたところ、急におなかがしぼんで来た。桃色に光っていたオッパイはまたもとの米粒になってしまった。中で胎児が死んだのかと、獣医さんの診察を乞うたところ、中はカラッポだというのである。

想像妊娠であった。

猫に想像妊娠なんてあるんですかと驚いたら、ネズミにもありますという。種《しゅ》を殖《ふ》や

したいという欲求のあらわれだということだったが、友人たちの意見としては、私に責任があるという。

鼻先で五千円札をヒラヒラされたので、責任を感じたというのである。ペシャンコのおなかになった一歳半の牝猫《めすねこ》は、気のせいか元気のない声で私の顔を見て啼《な》いている。私は手をついて謝った。

この猫は、このあと二度ばかりお嫁に行ったが、結局みごもることなく、いま十七歳である。母親にならなかったせいか、人間で言えば百歳を越える高齢だが稚《おさな》いところがあって、まだ、じゃれて遊んでいる。己れの姿を見る思いで、おかしいような苦いような気持になる。

不祝儀の手伝いをしたことは一回しかないが、百にひとつほどの割合いで、香典の袋にお金が入っていなかった。

「こういうのを金一風と言うんだ」

名前と金額を帳面に書き込む係の人が、こう言って達筆で風という字を書いてみせた。居合せた四、五人の人間が、不祝儀には不似合いな笑い声を立ててしまった。

解説——白黒つけないリアリティ

篠﨑絵里子

「打ち合わせであなたの脚本が否定されたとしても、あなた自身が否定されたわけではないので大丈夫です」

——と、これまでやらせて戴いたシナリオの講義で何度か、脚本家志望の方たちに申し上げてきた。駆け出しの脚本家はホン打ち（脚本の打ち合わせ）で完膚なきまでに叩きのめされて心が折れ、そのままドロップアウトしてしまうことも珍しくないからである。ホンをけなされていちいちへこんでいては商売にならないし相手も困るので、落ち込まずに直しの要求に的確に応えてほしい、打たれ強くなってほしいという意味も込めての言葉であった。それは、メンタルの弱いわたし自身への言い聞かせでもあったのだが、最近、この言葉はどうも間違いだなあと思うようになってきた。

脚本には、書き手の本質が怖いほどに色濃く出てしまう。どんなに気をつけてうまいこと書いたつもりでも、心の底に潜むうかつな本音がひょいと顔を出す。隠したつもりの嫌な心が浮き彫りになる。人として偽物だと自覚しているわたしが脚本を書く時、ひそかに恐れているのはそこである。

結局は書き手の中身がものを言う。

そう痛感する時、いつも、向田さんを想う。

わたしは生前の向田さんにお会いしたことがない。もう何十年も作家・向田邦子の熱烈な支持者ではあったが、具体的なご縁が生じたのはほんの数年前である。向田さん原作の短編小説『胡桃の部屋』を脚色させて戴く機会に恵まれたのだ。

脚本家の候補に挙がっていると聞いた時、他の仕事をすべて断って待機した。待ち時間をずっと向田さんの作品を読み返し、観返して過ごし、そうして改めて感じたのは、向田さんという人の潔さ、懐の深さ、多面性、そして目線の限りない優しさである。

向田さんは、人としてどこか未熟で欠点の多い人間を多く描かれる。愚かな人間ほど愛される。じたばたとみっともなく、それでも精一杯生きている人間を温かなまなざしで見守っておられる。そんな向田さんの優しさがそのまま、物語に投影されている。彼女の物語が愛されるのは、向田さん自身が愛される人だったからのように思う。

「私が、曲りなりにもドラマなど書いてごはんをいただいている部分は、白か黒か判らず迷ってしまう部分のような気がする。好きかといえば好きではない。嫌いかといわれればそうでもない。好きでいて嫌い。嫌いなくせに好き。善かといえば丸っきり善ではない。では悪かと聞かれると、あながち悪とは言い切れない。」（「白か黒か」）

これまで幾人もの解説者が引いてきた文章だが、やはりここが作家としての向田さんの視点を端的に表していると思うので、わたしも引かせて戴いた。

向田さんは、物事や人の在り方を一方的に断じない。脚本を書く時には、実は白黒つけた方が楽である。この問題の決着はこうです！　と突き進み、結果を出した方がカタルシスを得やすいからである。でも物事というのは白黒つかないことの方が多いし、正しいことでも声高に主張されると興ざめする。説教されると反発したくなる。

——白かもしれませんが見ようによっては黒かもしれませんなあ。しかし黒と言ってもグレーというか白に近いというか……、まあ目くじら立てて決めなくても、状況に応じてあれしましょか。

向田さんの作品は、そんな風に進んでいく、大人のドラマだ。正解を語る時にはなおさら、含羞を忘れない。そこにわたしたちは、物事の本質を発見する。

白黒つけないリアリティの一方で、向田さんの作品に共通するのは凜とした「潔さ」である。「お取替え」のチョコレートにあるように、向田さんは子供の頃、責任をもって一つを選ぶということを学んだ。別の本に収録されている「黄色い服」（『男どき女どき』）ではもう少し踏み込んで、

「職業も、つき合う人間も、大きく言えば、そのすべて、人生といってもいいのか、それは私で言えば、黄色い服なのであろう。一シーズンに一枚。取りかえなし。愚痴も言いわけもなし、なのである」

と、はっきりと言葉にしてある。

もう一つ、『夜中の薔薇』というエッセイ集に、「手袋をさがす」という大好きな一篇がある。ある年、気に入った手袋を見つけられなかった向田さんは、気に入らないものをはめるぐらいならと、ひと冬を手袋なしで過ごしたことがあった。後に引けない気持ちにもなっていた。そんなある日、会社の上司にこう言われる。

「君のいまやっていることは、ひょっとしたら手袋だけの問題ではないかも知れないねえ」

ハッとなった向田さんは、自分が今、漠然とした不満の中で何をどうしたらいいかわからず、「身に過ぎる見果てぬ夢と、爪先き立ちしてもなお手のとどかない現実に腹を立てていた」ことに気づく。

ないものねだりの高望み。そう悟れば普通の人は、足るを知ろうと反省する。でも向田さんは違った。理屈として正しくても妥協すれば必ず自分は後悔する。であればいっそ、中途半端な反省などせず、一生、手に入らないかもしれない手袋を探し続けよう。どんな手袋を探しているのかすらわからない。「未だに手袋を探し続けていること」が、たった一つの自分の財産である、とまで言い切っておられる。覚悟をもって一つを選ぶ。選んだからには文句は言わない。ただし絶対に妥協せずに、とことん探しぬく。

こんな人が紡ぐ物語に、惚れない道理がないのである。

向田さんの視線は優しいだけでなく、鋭い観察力で人の見栄や体裁を見抜いてしまう。でもそれが底意地の悪さで終わらないのは、「みんな同じですよ、立派そうに見える人でもあなたと変わらない、小さなことでくよくよしたり格好をつけたりして気張っているだけなんですよ」と背中を叩いてくれるような温かさに裏打ちされているからである。

そしてその観察眼が、極上のおかしみを生み出す。

ヘンテコなものわからないものをそうと言えない人間心理を突いた「なんだ・こりゃ」。猫のおしっこのにおいが染みついていると知らずに粗大ごみに出したマットレスをかついで帰った人が、においに気付いて再び捨てに来る「拾う人」。到来物の中身をすぐに見ずにはいられない性質の人が、来客後にさっそく戴きもののブラウスを着たところで客が引き返して来てしまい身の置き場に困る「スグミル種」。

ことさらに凝った台詞や突飛な行動で笑わせるのではなく、人間の本質をついたユーモアでくすりとさせる。さらに向田さんの笑いはしばしば、哀愁を伴う。自分の一番いいところ・こうありたいと思うものを精一杯広げる「孔雀」のように、人間のおかしみが、せつなさに変わる。

私事で恐縮だが、物語を創る上でのわたしの嗜好のルーツの一つは、大阪に住んでいた子供時代、日曜の昼にテレビ放送していた藤山寛美さんの松竹新喜劇である。阿呆の役に扮した寛美さんが阿呆なことばかり言ってみんなの笑いものになる。それでも寛美さんは愚直に阿呆な発言を繰り返す。阿呆なりのまっすぐな理屈、一途さが徐々に聞く者の心を打ち始め、次第に笑いがやみ、やがて涙に変わる。たまらなく好きなこの瞬間が、向田作品にも通じるようにわたしには思えて、心が震える。

余談だが、白黒つけずに絶妙な余韻をもたせて終わった小説『胡桃の部屋』に、わたしは後日談を付け加えてしまった。小説とテレビドラマの違いもあってのことではあったが、蛇足だったかもしれないという迷いは今なお心に残る。

向田さんのような人間ドラマを書きたいと願い続けながら、おそらく願いのままで終わるだろうと漠然と予感している。それでもやはりわたしは、わたしなりの手袋を探し続けようと思う。愚かで滑稽な奮闘がいつかささやかな真実に変わり、誰かの心に届くかもしれないと信じて。

（脚本家）

文春文庫

無名仮名人名簿《むめいかめいじんめいぼ》

定価はカバーに
表示してあります

2015年12月10日　新装版第１刷
2021年５月25日　　　　第５刷

著　者　向田邦子《むこうだくにこ》

発行者　花田朋子
発行所　株式会社　文藝春秋

東京都千代田区紀尾井町 3-23　〒102-8008
ＴＥＬ 03・3265・1211㈹
文藝春秋ホームページ　http://www.bunshun.co.jp

落丁、乱丁本は、お手数ですが小社製作部宛お送り下さい。送料小社負担でお取替致します。

印刷・凸版印刷　製本・加藤製本　　Printed in Japan
ISBN978-4-16-790515-6